新潮文庫

エヌ氏の遊園地

星新一著

新潮社版

3293

目次

けちな願い……九
人質……一五
波状攻撃……二〇
あこがれの朝……二七
副作用……五一
車内の事件……五六
危険な年代……六五
秘薬と用法……七七
殺し屋ですのよ……八二
運命のまばたき……八九
女の効用……九六
うらめしや……一〇七
尾行……一二四
欲望の城……一三一
昇進……一三五
よごれている本……一五六
ある商売……一六三
逃走の道……一六八
クリスマス・イブの出来事……一七八
協力的な男……一八四
女性アレルギー……一九〇
依頼……一九六

開業……二〇二
紙片……二〇七
港の事件……二一二
なぞめいた女……二二〇
記念写真……二二五

夢と対策……二三〇
個性のない男……二三六
夕ぐれの車……二四二
臨終の薬……二八四
あとがき……二九〇

解説　横田順彌
挿絵　真鍋博

エヌ氏の遊園地

けちな願い

エヌ氏は善良であり、また平凡きわまる男だった。

ある、なんということもない朝。いつものごとく、エヌ氏は目をさました。なんということもない目ざめでなければならないはずなのだが、その日は、大いにちがっていた。彼は自分が、強盗をしたくてたまらない衝動にかられていることに、気がついたのだ。

「これは、どういうことなのだろう」

エヌ氏はつぶやき、首をかしげた。しかし、きのう特に変な物を食べた記憶もない。また、悪い夢にうなされた結果らしくも思えない。もっと深い、心理的な原因があるのかもしれないなと考えた。毎日が平凡なための欲求不満が、徐々に蓄積してこうなったのだろうか。だが、そうとも思えない。あまりに突然すぎる。きのうまでは空想もしなかったことなのだ。

検討をしているうちに、衝動はおさまってくれるどころか、ますます強くなった。

義務感をともなって、彼をかりたてる。

「なぜおれは、いままで強盗をやろうと考えてみなかったのだろう」

エヌ氏の考えは少し前進した。それをやる勇気や才能の有無は、実地にやってみた上でなければ、断言できないことだ。それを試みては、いけないのだろうか……。

「試みるとしたら、どこを狙《ねら》うとしようか……」

エヌ氏の考えは、さらに具体的になった。近所に住んでいる、金持ちの老人のことが頭に浮かんだ。ひとり暮しであり、銀行を信用せず、現金をためこんでいるというわさだった。手ごろな目標といえそうだ。

「となると、必要な道具はなんだろう」

エヌ氏は準備にとりかかった。会社を休み、刃物をみがき、黒眼鏡を買い、ナワやバッグを用意した。それらが進行するにつれ、からだじゅうに自信がみなぎってきた。きのうまでの自分とくらべると、まるで別人のような変り方だった。古い血が流れ去り、かわって、期待と興奮とを含んだ新しいのが輸血されたような気分だった。

夜のふけるのを待ち、いよいよ実行にとりかかった。へいを乗り越える。電話線を切る。雨戸をこじあける。老人をたたき起こす。しばりあげ、金庫のあけ方をしゃべらせる。ことごとく順調に進行した。

金庫のなかの札束を、バッグに移す。指紋を消す。老人はしばってあるから、追ってはこないだろう。庭へ出て、へいを越える。

しかし、道路におりたとたん、そばの暗がりから声がした。

「動くな。警官だ。逃げるとうつぞ」

立ちどまって、そっとながめると、警官が拳銃《けんじゅう》をかまえている。逃げだしたら、本当にうちそうだ。

エヌ氏は手をあげ、降参した。バッグの内容を調べられ、老人の家のなかの事態と一致していては、弁解もできない。

どうみても、あまりぱっとしない警官だった。だが、彼は意気揚々と、エヌ氏を強盗現行犯として連行し、留置場へ押しこんでしまった。そして、こう言い渡した。

「本格的な取調べは明日だ。おとなしく入っていろ。そうだ。退屈しのぎのオモチャに、これをやろう。もう、わたしには用のない品だ」

と、なにかをほうりこみ、留置場にカギをかけて帰っていった。ひどい目にあってしまった。なんという不運なことだろう。こんなことになろうとは、昨夜までは夢にも思わなかったことだ……。

エヌ氏は少し落ち着き、警官の残していった品を見た。それは古い異国風なランプだった。いったい、なんでこんなものを……。

いじりまわしているうちに、煙が立ちのぼり、どこからともなく、一人の男が出現した。そして、とまどうエヌ氏に言った。

「これはアラジンの魔法のランプ。わたしはなかに住んでいる魔神です。持ち主の命令に対し、一回だけですが、なんでも従います」

エヌ氏は混乱しながらも聞いた。

「なんでも、だと。本当なのか」

「もちろんでございます。あなたの前の持ち主は警官でした。拾得物として届けられ、偶然その手に渡ったわけです。その警官は女房からいつも、強盗の現行犯でもつかまえて、手柄をたてて出世してよと、ぐちを言われ通しでした。それが命令となり、わたしは期待にそうべく、魔力をもって強盗を作りあげ……」

エヌ氏は大きくうなずいた。

「わかった。なぜ、おれが不意に強盗をしたくなったのかが、わかってきたぞ。みな、おまえのしわざだったのだな。しかし、なんと情けない警官だろう。もっと、ましな願いを考えつかなかったのだろうか。ばかというか、けちくさいというか……」

つぶやくエヌ氏に、魔神はさいそくした。

「さあ、あなたの願いをおっしゃって下さい。ご命令がなければ権利放棄とみとめ、わたしはランプに戻り、それで終りです」

「まあ、待ってくれ。もちろん、願いごとはあるよ。こんな機会はのがせない」

「なんでございましょう。大金でしょうか、美女でしょうか。なんでも、すぐにお持ちいたします」

しかし、エヌ氏は考えた。大金や美女もいいが、留置場に出現したら、ことはこじれるばかりだ。彼はためらうことなく告げた。

「いいか。おれを合法的に、ここから出してくれ。あとに問題が残らぬようにだぞ」

「はい、かしこまりました。なんとかいたしましょう。一日ほど、お待ち下さい」

魔神は仕事にかかるため、どこかへと去っていった。

人間とは、どいつもこいつも、いよいよとなると、けちな願いしかしないものだ。そんな意味の笑いを浮かべながら……。

人 質

夕ぐれ近い時刻。ここは街なかの公園のなか。いつもなら平穏な眺めを楽しむことができるのだが、いまはちがう。銃声が響き、弾丸は金属音をともなって乱れ飛んでいた。それが中断したかと思うと、かわって警察車のスピーカーから、いかめしい声が流れ出た。

「もう、逃げられはしないぞ。完全に包囲した。むだな抵抗はするな。手をあげて出てこい。さもないと、容赦なく射撃する」

閉店時の銀行を単独で襲い、大金を奪うのに成功した強盗。それをここに追いつめたところだった。もはや逃げ場はない。スピーカーの声は、とどめを刺すような自信にあふれていた。

しばらくの静かな時間が流れ、木の茂みから声がかえってきた。

「待ってくれ。うたないでくれ」

「では、手をあげて出てきて、おとなしくつかまれ」

「それはいやだ」

「なにを勝手なことを言う。死にたいのか。それなら、射撃を再開するぞ」

「うてるわけがない」

「なぜだ。なにか理由でもあるのか」

「あるとも、教えてやろう。こっちには人質がある」

　警官側は一瞬、だれもが息をのんだ。せっかくここまで追いつめたのに、予想もしなかった事態となった。相手は姿をあらわし、勝ちほこった声をあげた。

「さあ、それでもうつ気か。同時に、この子供にも命中するぞ」

　子供とはいっても、抱きかかえているところを見ると、まだ幼いらしい。あどけない声で悲しそうに訴えている。

「ねえ、助けて。おうちへ帰りたい」

　それを耳にしては、警官隊も進むに進めなかった。あわただしく打ち合せがおこなわれ、ふたたび、呼びかけが開始された。

「わかった。しかし、なんという卑怯《ひきょう》なやつだ……」

「卑怯かもしれないが、こうでもしないとつかまってしまう」

「さあ。早く、その子供をかえせ。悪いようにはしない」

「冗談じゃない。それはできない。おれは逃げたいんだ」

「よし。この場は見のがしてやる。だが、まずその子供をはなせ」

「ばかにしないでもらいたいね。人質は渡した。そこで警察が、さあお逃げなさいと、便宜をはかってくれた前例など、聞いたことがない。その手には乗らないぞ」

「どうして欲しいのか」

「オートバイを一台、用意してくれ。ガソリンを一杯にしたやつだ。それに乗って逃げる。子供は背中にせおってゆく。うしろからうつと、弾丸が当るぞ。また、もしオートバイに細工などしたりしたら、事故をおこし、子供の生命にかかわるぞ。その場合は、そっちの責任だ」

と、相手は細かく指示してきた。子供はまたも、悲しい叫びをあげはじめた。こうなったら、警察側の完全な敗北。それに従わなければならなかった。

「要求はいれてやる。しかし、その子の安全はどうなる」

「大丈夫だ。逃げられさえすれば、傷つけたりするつもりはない。おれは強盗だが、殺人鬼ではない。子供をかえす場所は、あとで電話で連絡する」

「もし傷つけたりしたら、草の根をわけてでも逮捕し、極刑にしてやるぞ」

「それぐらいは知っている。金を持って逃げたいだけだ。罪を重ねることはしない」

「約束は守るだろうな」

念を押したあげく、取引きが成立した。エンジンをかけたままのオートバイが置かれ、警官隊はあとにさがった。強盗はカバンを手に駆け寄り、それに飛び乗り、包囲網のとかれた道を全速力で通り抜けた。射撃しようにも、子供をせおっていては、そうもできない。

そして、ついに夕闇《ゆうやみ》のなかにまぎれこんでしまった。逮捕は失敗だったが、人命にはかえられなかった。

対策本部は、いらいらしながら電話を待った。はたして約束を守ってくれるだろうか。万一のことがあったら、とりかえしがつかないし、責任問題にもなる。たえがたい、狂おしい緊張感。それが絶頂に達した時、電話のベルが鳴った。ひとりが飛びつき、受話器をとると、さっきの強盗の声。

「さっきは逃がしてもらって、ありがとう。お礼を言いたい。オートバイは乗り捨てた。借りたものは、かえすよ。正直なものだね。場所は……」

「そんなことより、子供はどうした。約束どおり、かえしてくれ。だれもが気が気でないのだ」

「あの子の家族もかい」

「うむ。そういえば……」

対策本部は首をかしげた。考えてみると、まだ「あれはうちの子供だ」と血相を変えて、届けに来た者がなかったのだ。とすると、あの人質はだれだったのだろう。電話の声は、それを告げてくれた。

「いるはずがない。あれはゴム製で、息を吹き込んでふくらませた品だからな」

「なんだと……」

「おれがなぜ、資金かせぎの強盗をやる気になったと思う。声帯模写の芸人では食えないからだ。あれだけの才能があるのにな。みなさんだって、お認めになるでしょう」

「よくもだましたな」

「いや、約束は守りますよ。小包みでお送りしましょうか……」

電話の声は、さっきの子供の声にかわった。

「……警察はいやよ。やっと、おうちへ帰れたのに」

つづいて、あどけない笑い声。

波状攻撃

小さな工場を経営しているエヌ氏のところへ、ある日、カバンをさげた見知らぬ男がたずねて来た。その男はもっともらしい口調で、こういった。

「じつは、たいへん便利な品をお持ちいたしました」

エヌ氏は顔をしかめ、手を振った。

「なんだ、押売りか。だめだ。いまはなにかを買う余裕などない」

「そんなことはございませんでしょう」

「いや、本当だ。いい気になって大量に商品を作ったはいいが、他社がすぐに、さらに新型のを出してしまった。おかげで、少しも売れない。倉庫にぎっしりだ。身動きがとれず、正直なところ、夜逃げをしたいほどだ」

「そう情けないことをおっしゃってはいけません。わたくしのお持ちした品は、それを一挙にさばいてしまう効能を持っております」

「どうせ、ご利益《りやく》のあるお札《ふだ》といったたぐいだろう。いらないな」

「そんな非科学的なものではありません。滞貨一掃の装置とでも申しましょうか」

「一掃はいいが、無料で捨てるのならだれにでもできる。といって、代金を払って買い取ってくれる奇特な人など、いるわけがない」

「ありますとも」

と男は声をひそめた。話がこう進展し、エヌ氏は身を乗り出した。

「本当とすれば、耳よりの話だ。どういうことなのだ」

「火災保険金でございます」

「なるほど、不正な火災で保険金を取るというわけか」

「とんでもありません。わたくしはただ……」

男は言葉を濁したが、エヌ氏はのみこみ顔でうなずいた。

「わかっているよ。警察へ通報するような、やぼなことはしない。しかし、うまくゆくものだろうか。火災を起こしたはいいが、あとの調査でばれたりしたら」

「そこです。しろうとのかたは、どんなにうまくやったつもりでも、どこかに手抜かりがあるものです。やはり、長いあいだこの方面を研究した経験のある者にご相談なさったほうが、有利、安全、確実というものでございましょう。すなわち、わたくしのことでございます」

「そういえばそうかもしれない。で、それを引き受けてくれるというのか」

しかし、男は首を振って答えた。

「いいえ、わたくしとしても、自分で手を下すような危い橋は渡りません。適切な指示をお与えするだけでございます」

「たとえば……」

とエヌ氏が聞くと、男はカバンを開いた。そして、レンズのようなものを取り出した。

「こんなものがございます。これは可燃性のプラスチックでできています。だから、火災のあとに残って証拠になったりはしません。これを窓ガラスにノリではりつけておく。一方、その焦点に燃えやすい……」

「わかった。名案だな。では、それを売ってくれ」

「いけません。しろうとは、それだから発覚するのです。これを使って、あとで不審を抱かれないですむかどうかは、現場を拝見してからでないと、なんともいえません」

エヌ氏は男を倉庫に案内した。男はひとわたり見てから断定した。

「レンズによるこの方法は使えません。窓の位置が不適当です。それに、日光を利用するのですから、昼間の火災となり、煙を早期に発見され、すぐに消火されてしまいます」

「となると、だめだというわけか」

「がっかりなさってはいけません。そこが専門家です。やはり、漏電《ろうでん》が最適でしょう。これをお使いになればいいのです」

男はカバンから、こんどは小さい四角い箱を出した。エヌ氏は質問した。

「なんだ、それは」

「わたくしの苦心の発明です。時限漏電発生装置と呼ぶものです。もちろん、燃えたあとにはなにも残りません。これを電気配線の、わたくしの指示する個所にとりつければいいのです」

「うむ。すばらしい装置だな」

「あ、むやみにいじらないで下さい。そのボタンを押してから、正確に二日後に漏電がおこります。申しあげるまでもありませんが、その時は、ご出張でもなさっていて下さい」

エヌ氏はすっかり感心し、高い代金を払ってそれを買った。その時、手でひざをたたいて声をあげた。

「これはいかん。すっかり忘れていたが、まだ保険に入っていなかった。みごと火災に成功したはいいが、保険に入っていなかったでは、どうしようもない。さっそく加入しなければならんな」

「それでしたら、わたくしの知りあいがやっている代理店の者を、明日にでも参上させましょう。代理店にも、加入の時にうるさく調べるのと、そうでないのとがありますから」

「それはありがたい。なにからなにまで、お世話になるな。よろしくたのむ」

「いいえ、これはサービスでございます」

こう言って男は帰っていった。

つぎの日になると、男が言い残していった通り、代理店の者がやってきた。エヌ氏は高額の加入を申しこんだが、相手はあっさりと認めてくれた。万事は順調に進行しはじめた。

しかし、エヌ氏は二カ月ばかり時機を待った。保険料を払ってすぐでは、いくらなんでも怪しまれる。急いで失敗しては、もともこもなくなる。

そして、もうそろそろ大丈夫だろうと実行に移った。例の装置を取りつけ、ボタンを押し、出張の旅に出かけたのだ。帰ってくるまでに、滞貨は一掃され、現金にかわっているわけだ。

だが、四日ほどして帰ってみたが、なんの変化もない。倉庫はそのまま、ドアをあけてのぞいても、商品ひとつこげていない。例の装置もそのままだ。エヌ氏は首をかしげながら取りはずし、なかを調べてみて驚いた。消しゴムと豆電球が入っているだけ。これでは効果のないことなど、機械の知識のいくらかあるエヌ氏には、すぐにわかった。ひどいいんちきだ。こんな品を、もったいぶって高く売りつけるとは……。

警察に訴えることもできず、腹が立ってしようがなかった。そこでエヌ氏は、代理店に聞いてみることにした。やつの住所かなにかが、わかるかもしれない。おいていった名刺にある電話番号にかけるとこんな返事だった。

「番号ちがいでしょう。うちは火災保険の代理店などではありませんよ」

念のために保険会社に問いあわせると、答はこうだった。

「そんな代理店はありません。あなたも不注意だったようですが、保険料を詐取《さしゅ》するとは悪質です。警察にお届けになって下さい」

またしても、してやられたわけだ。エヌ氏は文句の持ってゆき場もなく、歯ぎしりするだけだった。その時、そこへやってきた訪問者は、こう言った。

「じつは、お役に立つようなお話で……」

「いまは、だれとも話などしたくない」

と断わるエヌ氏におかまいなく、あいそのいい口調。

「わたくしは探偵社をやっております。近ごろは不景気につけこむ、巧妙な詐欺《さぎ》が横行しております。しかし、被害者のほうにも弱味があって、表ざたにできず、泣き寝入りになってしまうことが多い。わたくしはそれを専門に引きうけ、解決してさしあげる探偵社です。秘密は守り、料金もお安く……」

それを聞いて、エヌ氏は思わず身を乗り出した。しかし、やがて考えなおしたようにつぶやいた。

「もうたくさんだ。そんなことをくりかえしていたら、夜逃げをする費用すら残らなくなってしまうだろう」

あこがれの朝

いわゆる一流の大学を卒業し、一流の官庁の重要な地位にあるため、すばらしい将来がひらけている。そのうえ、だれが見てもハンサムだなと感じる憂愁をたたえた顔立ちで、いままでの大きな悩みから解放され、まだ若く、独身でもある。また心の片すみには美しく、悲しい恋の思い出がしまってある。そればかりでなく、ある朝めざめてみると、大ぜいの純真な女性が自宅に押しかけてきて「結婚してくださるわね」と口々に叫ぶ。

男と生まれたら、だれしも、一生に一度でいいから、そんな目にあってみたいと、あこがれるはずだ。もちろん、世の中にはあまのじゃくな性格の人間もいるから「おれはそんな安っぽいことなど、考えたこともない」と横をむく者がないでもない。だが、それでも、ちゃんと聞き耳だけは立てている。

洋一郎はすべての点で、このような状態にひたることのできた、幸運きわまる男だった。いうまでもないことだが、こんな目にあえるのは、うまれつきの上に、努力と幸運とが加わらなければ実現するはずがない。

彼は生まれつきスタイルにもめぐまれていた。しかし、それらのハンディキャップを負いながらも、一流の大学を卒業したということは、たいへんな努力家だからだ。ふつう、美男子だと甘い誘惑によって横道にそれ、学業がおろそかになるものだ。それなのに、彼は勉強に熱中し、当然の結果として、一流の官庁に就職することができた。

そして、これから先は運の問題である。しかし、彼は数週間まえまでは、そんな理想的な状態が訪れてくるとはまったく知らず、大きな悩みを抱いて日を送っていた。

洋一郎は私鉄の駅をおりて、自宅への道を急ぎ足で歩いた。ひときわ目立つ彼の容《よう》貌《ぼう》を、多くの女性たちがふりかえってみた。近所の女性は、人妻であると娘たちであるとを問わず、頭をさげたり、話しかけたそうな様子を示したり、なかには声をかけてきたりした。だが、彼はそのすべてに、そしらぬ顔をして、家に急いだ。そんなことをしているひまはない。

息をきらしながら自宅の玄関に立った洋一郎は、はっきりした口調で叫ぶ。

「ただいま帰りました」

すると、奥からはとげとげしい調子の、品のない声がかえってくる。

「どうしたの。いつもより十五分おそいじゃないの。その説明をしたらどう」

その声の主は彼の妻、道子だった。

「はい。すぐに……」

洋一郎はおどおどした声で答え、脱いだ靴《くつ》を片づけ、汗をふきながら妻の部屋にはいった。

「さあ、なにがあったというの」

彼より五つばかり年上の道子は、部屋の中央の長椅子《ながいす》の上にだらしなく横たわり、赤みをおびた顔をしている。それは恥ずかしがってのせいではなく、酒の酔いのためだった。そばの小さな机の上には、グラスと洋酒のびんが乱雑に置かれてあった。

洋一郎の留守中にだれかが来たのかもしれなかったし、道子が一人で飲んでいたのかもしれない。

「じつはね、おまえ。帰りがけに電車のなかで、大学の時の友人に会ったのでね……」

洋一郎はねこなで声を出そうとした。

「もっと大きな声で、はっきり言ったらどうなの」

洋一郎ははっきり言ったつもりだった。しかし、つけっぱなしのテレビが、よろめきドラマのようなものをやっているので、その奇妙な口調のせりふに消されてしまったのだ。そのことがわかっていながら、道子は立ってスイッチを消そうともしなかった。

「電車のなかで友だちに会い、駅で立ち話をしていたのだよ」

「それだったら、電話で知らせてほしかったわ」

「だけど、立ち話ぐらいだから、そんな必要はないと思ったのだよ」

「ひとりできめられては困るわ。おそくなる時は電話をするという約束だったでしょ。それに、交通事情を考えに入れて、十分は大目に見ているのよ。それをさらに五分おくれたのだから、言い訳はできないはずよ」

道子の口からは論理的な言葉がつぎつぎに出た。もっとも、非論理的であったとしても、洋一郎には言いかえすことができないことになっていた。

「その通りだったよ。これからは気をつける」

「そうしてちょうだい」

洋一郎はこれで終りかと思い、服を着かえに自分の部屋にむかおうとした。だが、その背中に声が追いかけてきた。

「きょうは月給日だったはずよ」

「ああ、そうだった」

「さあ、お出しなさい」

彼はそれにしたがい、内ポケットから袋を出す。道子はそれを受けとり、明細表と金額をてらしあわせ、投げ出した。

「それを、そこの引出しに入れといて」

洋一郎はその通りにし、部屋を出ようとした。しかし、命令がそれで終りというわけではなかった。

「服を着かえたら、ここへ来て肩をもんでちょうだい。ずっとテレビを見つづけなので、肩がこったようよ」

「はい、はい」

彼は自室にいって服を着かえる。ゆっくりと着かえるわけにはいかなかった。ぐずぐずしていると、すぐにあのいやな声が襲いかかってくる。それを少しでも少なくするためには、早いところ参上したほうが利口なのだ。

「さあ、力を入れて、痛くないようにやってちょうだい」

道子はテレビにむかい、長椅子の上に身をおこす。洋一郎は恐る恐るその肩に手を当て、もみはじめた。テレビの番組は歌謡曲に変っていた。彼は時どきそれに目をやりながら、いつものいまいましい仕事をつづけた。

道子の首すじは、どことなくブタに似ている。それをながめているうちに、洋一郎は発作的に締めあげたくなってくる。しかし、彼は狂人ではなく、健全な常識の持ち主なので、その衝動を押えることができる。それをやったら、殺人罪に問われてしまう。

考えようによっては、このような生活は刑務所と大差ない。いや、あるいは刑務所のほうが清潔で、すがすがしいかもしれない。しかし、殺人罪となると死刑、無期などになる場合もある。洋一郎は死ぬのを好まなかったし、刑務所で一生をすごすのも好まなかった。また、男性というものは、自分の勤め先の仕事に愛着を持つものだ。それに今の生活はたしかに面白くないが、幸運さえ訪れてくれれば、この悩みから解放され、自由になれるという希望があった。

その日はいつのことだろう……。

「もっと、ていねいにやってちょうだい。あたし疲れてるのよ」

道子はふりむいて、目をつりあげながら言った。アルコールくさい口臭が吹きつけられた。さすがの洋一郎も、そのハンサムな顔をちょっとしかめた。

テレビの番組は、清純な恋物語を扱ったドラマに変っていた。洋一郎はふとそれを見て、はっとした。
「どうしたのよ。休まないでちょうだい」
とたんに声がかけられ、彼はまた指先を動かしはじめた。一瞬、洋一郎が手を休めたのは、テレビのなかの女が、かつて心から愛したある女性に似ていたためだった。彼はさとられぬようにそっとため息をつき、二年ほど前に終りをつげた、夢のような時期のことを思い浮かべた。

大学を卒業し、いまの官庁に就職してから、一年ほどたったころだった。洋一郎はある会合で知りあった一人の若い女性に対し、恋を感じはじめた。それは相手にも通じ、その若く清純で美しい女性は、彼を好意をもって迎えた。すべては申しぶんのない結末へと進行しているように思われた。

洋一郎をとりまく世界は、バラ色の霧になっていた。そのため、ほんの少しではあったが、彼の心の一部がそのバラ色の霧でぼやけたのだ。

彼女の父のやっている会社が、ちょっとしたことで赤字を重ね、経営不振におちいってきた。そして、彼女は取引き先の社長の息子との結婚を強いられることになった。

涙を浮かべ、すすり泣きながらそのことを告げる彼女をあきらめることは、洋一郎にはできなかった。

といって、彼にその赤字を埋めることなど、できるはずがなかった。しかし、金はなかったが、方法がないわけではなかった。洋一郎のその時の地位を利用し、彼女の父の会社に対してある種の許可を与えれば、立ちなおることのできる状況にあることを知っていた。

その許可は、赤字会社に対しては行なってならないことになっている。だが、彼は目をつぶってそれをおこなった。洋一郎はまじめであり、役所の上役や同僚は彼を信頼していたので、少しも問題にならなかった。もちろん、彼も心配はした。だが、そのために会社はまもなく業績を回復し、すべては解決してしまったように思えた。

しかし、完全には解決していなかった。

少したって、洋一郎は一人の女の訪問をうけた。会ったこともない女で、魅力というものがほとんどない、ぱっとしない相手だった。できれば口をききたくないような女だった。だが、その女は、

「あなたにとって、とてもいいお話ですわ」

と意味ありげなことを言い、いっこうに帰ろうとしなかった。彼は仕方なく話を聞

くことにし、彼女は書類らしきものを出して、説明しはじめた。

そのうち、洋一郎は恐るべき相手に食いつかれたことを知らされた。その女は彼が不当に許可を与えた会社の女社員で、持っているのは、それに関する書類だったのだ。

「どうしようと言うのです。そんなものを見せに来て」

洋一郎は青くなって聞いた。職権の濫用《らんよう》についてのことが表ざたになったら、前途がまったく閉ざされてしまう。

「お願いがあるのよ」

「おっしゃって下さい。できることなら、ご相談に応じましょう」

「うれしいわ。あたしと結婚していただけるかしら」

「いや、それは」

あまりのことに、彼は一段と青くなった。

「おいやなら、これを新聞社のようなところに、送るつもりでいるのよ」

「まってくれ。しばらく考えさせてくれ」

「いいわ。だけど、いまのことは忘れないようにね」

いちおうはそれで帰ってもらったものの、どう考えても、ほかの方法はないようだった。こんなことが公表されたら、彼ひとりの没落どころか、役所の権威を傷つけ、また、愛する女の父にまで迷惑が及ぶ。洋一郎は自分が犠牲になる以外にないと決心した。

心では泣きながら、理由を話すこともできず、表面をむりに冷たくよそおいながら、洋一郎は愛する女と別れた。そして、いくつか年上の、いい所の少しもない、たちの悪い女と結婚しなければならなくなったのだ。

道子という名の、この女と……。

「苦しいじゃないの」

道子がどなり声をあげた。洋一郎は自分の手が、首を締めかけていたのに気がついた。

「悪かった。つい、うっかりしてしまった。気をつけるよ」

彼はあわててあやまる。そのうち、道子は言葉の調子を変えて話しかけてきた。

「あなた、楽しい……」

「楽しいとも」

と、彼はすかさず答えたが、楽しいという感情など、とっくの昔にどこかへ行ってしまっていた。

「あたしたち結婚してよかったわねえ。そう思わない……」

「そう思うとも」

結婚してよかったのは彼女だけで、洋一郎にとっては、よいことなどまったくなかった。道子はそれを知っていてそう言い、加虐《かぎやく》的な楽しさを味わっているのだ。

「あたしに別れてもらいたいでしょう」

「とんでもない、そんなことは考えないよ」

別れてくれとは、かつて何度もたのんでみたことがあった。しかし、このところはなにもかにもあきらめている。たのめばたのむほど、面白がって、意地の悪いことを言い出すのだ。相手にしっぽをつかまれていては、ひとつとして言いかえすことができない。

「ほんと……」

「ああ」

この場合に「ああ」と答えても「いや」と答えても同じことだった。彼女は言いたいことを、言いつづけるのだから。

「決して、別れてあげないわよ。あなたのほうで逃げ出そうなんてしても、だめよ。わかっているでしょう。あたしの持っている書類が、すぐにものを言うのですからね。そうなると、どうなると思う。あなたはつかまり、社会から締め出されてしまうのよ」

「わかっているよ」

洋一郎は常人にはまねのできないような忍耐心で、明るく答えた。

テレビの番組は、犯罪物に変っていた。妻に不満を抱いた夫が、殺害をはかろうとするストーリーだった。

「あら、とうとう殺されちゃったわね。ばかねえ」

「ああ、そうだね」

と、洋一郎は自動的にあいづちを打つ。

「あなた、あたしを殺したいでしょう」

「う、いや、考えたこともないよ」

時には、相手の意見に迎合してはぐあいの悪いこともある。

「なにを考えてもいいけど、実行するのはよくないわよ。書類は封をして、ある弁護士にあずけてあるのよ。それに、あたしが死んだら、まずあなたを疑うようにも頼んであるのよ」

「わかっているよ」

すでに何度も聞かされて、わかりすぎるほどわかっていた。聞かされていなくたって、抜目のない女だから、どうせそれぐらいのことは、準備しているにきまっている。

道子を殺せば、疑いがこっちにかかるのは当然だし、発覚しないわけにはいくまい。病気にでもかかって、自然に死んでくれればいいのだが、病気のほうで近よりたがらないような女なのだ。その期待は、まことに望みの薄いことだった。

ずっと肩をもみつづけ、洋一郎は指先がだいぶ疲れてきた。

「そろそろ、夕食の仕度でもしようか」

「いいのよ、今夜は。あたし変ったものが食べたくなったから、これから外出して食事するわ」

洋一郎は、今夜は夕食の仕度をしなくてもいいと知って、ほっとした。

「それはいい。じゃあ、服を着かえなければよかった」

しかし、その喜びも、彼女の言葉でたちまち消されてしまった。

「あなたは留守番。今夜はある男の人とナイトクラブに行くのよ。あなたがついてきたら、じゃまだわ」

道子は洋一郎の浮気には目を光らせているが、自分がやるのは大好きだった。ボーイフレンドが何人もあった。魅力はなくても、彼の金を自由に使えるのだから、その力のおかげだろう。

道子は化粧にとりかかりながら、彼に命令した。

「この部屋を、きれいに片づけて、掃除をしておいてちょうだい。それから、勝手に外出しないように。時どき電話をかけるから、出かけたりすると、すぐわかるわよ」

「ああ、大丈夫だよ」

こう答えてから、彼は恐る恐る言ってみた。

「一時間ぐらい、外出してもいいだろう？」

「どこへ出かけようっていうの」

道子はとがめるように聞いてきた。

「ちょっと医者に見てもらおうと思うんだよ。このごろ、どうもよく眠れない。そのせいか、役所でぼんやりしていて、上役にしかられてばかりいる。このままでは、左《さ》遷《せん》されてしまうかもしれない」

洋一郎はこのあいだから、仕事がうまくゆかず、昇進がおくれそうであると訴えていた。彼の思いついた、はかない抵抗の試みだった。もしかしたら、彼を見限って出ていってくれるかもしれない。あまりみこみのない方法だが、やらないよりはましと思えた。だが、これはあくまで方法であって、現実は、役所での洋一郎はよく働いている。家でのうっぷんをはらすために、やけ気味の感じもあったが、能率はよくあがっていたのだ。

もっとも、不眠のほうは本当だった。こんな家庭生活をしていて、ぐっすり眠れる男などはありえない。彼の不眠はひどくなっていた。

「いいわ、一時間だけよ。それ以上にならないようにね」

やっと許しがでた。道子はなんだかんだとしゃべりつづけていたが、やがて静かになった。外出していったのだから。

洋一郎はありあわせのもので哀れな食事を終え、病院にでかけた。

「先生。どうも眠れなくて困ります」

「どうなさいましたの。やつれたようなごようすをなさって」

と、その女医は洋一郎の顔に熱っぽい視線をそそぎながら、やさしく聞いてきた。

「眠り薬でも作っていただけませんか」

「薬にたよるのは、よくありませんのよ。不眠の原因をつきとめ、それを除くようにしなければいけませんわ」

「いや、とても除けるようなものではありません。じつは……」

と、彼は話しはじめた。自分がある役所につとめていること、とんでもない女と結婚して、ひどい目にあっていることを打明けた。もっとも、押えられているしっぽに関しては、話すわけにいかなかった。

「ひどい奥さまですのね」

「死んでもらいたいくらいですよ」

「ほんとにお気の毒ですわ。あなたのようなかたが、そんな家庭生活をなさっていらっしゃるなんて」

女医は同情にあふれた口調で言った。

「運が悪いのですよ。早く病死して欲しいとでも、祈る以外にないようです」

女医に同情され、洋一郎は少しだが気が楽になった。すると、女医は目を見開き、声を低くしてささやいてきた。

「決心なさったら。実行なさらないと、運はいつまでも開けませんわ」

「なにをです」

「あたしがお手伝いするわ。病死としか思えない方法を知っているのよ。やってみないこと」

「それは……」

と、洋一郎の目も輝きはじめ、うなずきかけた。女医ならば、なにかうまい方法を知っているかもしれない。そうなれば、あのいまわしい生活から解放され、自由になれる。あこがれ、願いつづけていた自由が手に入るのだ。

しかし、彼はうなずきかけたのを途中でやめた。さらに熱っぽくなった相手の目に、恐れをなしたのだった。なるほど、現状からは解放されるかもしれない。だが、自由が得られることは保証しがたい。

成功したあとで、この女はきっと条件を持ち出してくるだろう。結婚という条件を。共犯者となっては断わることができず、またも、がんじがらめの新生活に入らざるをえなくなる。おれの結婚したいのは、もっとすなおで、悪知恵など持たない、純真な女性なのだ。

洋一郎はいいかげんで、その病院をひきあげた。

彼は薬で眠ることにしようと、帰りがけに薬局に寄った。しかし、そこの女店員がほほを染めながら、

「なにをお悩みですの。あたしにできることなら……」

と、色っぽい声で話しかけてきたので、洋一郎はぶっきらぼうに用だけを言い、薬を買って家に帰った。こんな所で親しげに話していた、などといううわさが道子の耳に入ると、またさんざんにやられ、ますます不眠になってしまう。

道子の部屋の掃除にとりかかろうとした時、玄関に人のけはいがした。洋一郎はど

きりとした。掃除のすまないうちに帰ってこられては、ひとくさり、あの声を聞かされることになる。

しかし、それは道子ではなく、彼の友人だった。友人は言った。

「いや、しばらく会わなかったし、ちょっと近くまで来たものでね。それで寄っただけのことだよ。すぐ失礼する」

「まあ、あがれよ。うまいぐあいに妻が外出している。あれがいたら、追いかえせと言われるところだ」

「そうか。うすうすは知っていたが、相当なものらしいな」

「ああ、ひどいものだ……」

洋一郎は部屋の掃除をしながら、あらましを話した。例によって押えられているしっぽの点はぼかし、あとの部分を大げさに話した。友人はうなずき、同情してくれた。

「そんなとは知らなかった。しかも、別れてくれないとはね」

「なんとかならないものだろうか」

と洋一郎は心からの叫びをあげた。

「まてよ、方法がないわけでもない。ぼくの知りあいに、いい男がいる。あいつに頼んだら、うまく片づけてくれるかもしれないと思うが」

「おい、待ってくれ。殺したりするわけにはいかないんだぜ」

と、洋一郎はあわてたが、友人はそれを打ち消した。

「だれが殺すなんていった。殺し屋などにつきあいはないよ」

「では、なんだ」

「結婚詐欺《さぎ》の常習犯だ。話を聞いてみると、じつにうまいものだよ」

「なるほど、よく週刊誌などにでているな。うそのように思えるぐらい巧妙だ。天成の才能なのだろうな。その男にたのむわけか」

と洋一郎は身をのり出す。

「それを大金持ちに仕立て、きみの細君に近づかせる。そして、結婚を申しこませる」

「うまく行くだろうか。うちのやつも、なかなかの女だからな」

「なんとも言えないが、そこが勝負さ。あの男もなかなかの天才だ。ぼくは成功に賭《か》けるね。賭けてみなければ、現状をつづける以外にないんだぜ」

「それはそうだ。なんとかたのみたい。しかし、その男には気の毒だな。そっちへ乗りかえてくれるのはありがたいが、大変な迷惑をかけることになる」

「その心配はいらない。そこが結婚詐欺における権威者たるところだ。財産はないんだし、どんな女も逃げ出さずにいられなくさせる点でも名人だ。もっとも、戻ってくるといけないから、すかさず別な女と結婚してしまうのだな。こんどは、まともな相手と」

「わかった。ぜひ、たのみたい。お礼を前には出せないが、あとで必ず払う」

「いいとも。きみなら信用するよ。こっちで費用はたてかえておく」

洋一郎の心のなかでは、長いあいだ消えていたバラ色の希望の霧が、久しぶりで立ちのぼりはじめた。

期待にみちた数週間がすぎ、その効果が洋一郎にもたらされた。

「あなた、あたしと別れたいでしょう」

と道子は例によって口にした。

「とんでもない。考えたこともないよ」

と、彼は例によって答える。

「別れてあげるわよ」

少しばかりようすがちがっていた。だが、気を許すわけにはいかない。洋一郎はそしらぬ顔で言った。

「いやなことを言うなよ。せっかくの楽しい生活じゃないか」

「あたしが別れたいのよ。あなたは昇進しそうもないし、もっとみこみのある人が現れたのよ」

「そんな話はやめようじゃないか」

彼はあくまで慎重だった。

「あたしのほうで出てゆくのよ。離婚の書類に判を押してちょうだい。言うことを聞かないのなら、あの書類を……」

と、道子はいつもの奥の手を持ち出してきた。そこで洋一郎は、ためしにこう言ってみた。

「たとえどうなっても、おまえと暮していたいよ」

「お願いよ。なんでもやってあげるから」

洋一郎は内心、結婚詐欺のベテランとやらの手腕に舌を巻いた。この女がこうも変化してしまうとは。彼はさらに慎重に交渉し、問題の書類をとりかえすことに成功した。この女のことだから、手切金を請求するかと思っていたが、それもなかった。その予算を礼金に加算してやってもいい、とさえ思った。

そして、万事が解決した。

あのいまわしい証拠書類は取りもどし、焼き捨てることができた。戸籍からも、あのいまわしい女を追い払うことができた。

その夜の洋一郎は、薬も飲まず、ぐっすりと眠ることができた。自由にみちた夜。夢までがバラ色に彩《いろど》られていたようだった。

そして、つぎの日のすがすがしい朝。たまたま休日に当っていたので、彼はゆっくりと目ざめた。しかし、そのあとは、あまりのびのびともしていられない一日となった。

なぜだかわからないが、あいついで女性の訪問者が押しかけてきたのだ。顔みしりの近所の女もあったが、まったく知らない女もあった。だが、すべてに共通していることは、それぞれの手に大きな封筒がある点だった。

洋一郎はふしぎに思いながら、その一人に聞いてみた。

「なんのご用なのです」

「奥さんとお別れになったそうで……」

「ええ、そうですが、それでなにか」

「じつは前の奥さんからのお話なのですが、これを持っていれば、あたしと結婚してくださるとかで。買わされてしまいましたの」

「なんです、それは」

と、洋一郎はそれを受けとり、なにげなくのぞいてきもをつぶした。昨夜、焼きすてた書類のひとそろいと同じものが、そこにあるではないか。

やはり、あれはただの女ではなかった。コピーを大量に作ったうえ、悪知恵を知らない、純真な女たちに売りつけるとは。しかも、一人ではなく、大ぜいに。

一流の大学を出て、一流の地位にある洋一郎の前には、すばらしい将来がひらけている。そのうえ、憂愁をたたえた美貌《びぼう》の持ち主で、いままでの大きな悩みから解放され、まだ若く、独身でもある。また、心の片すみには美しく、悲しい恋の思い出がしまってある。そればかりでなく、ある朝めざめてみると、大ぜいの純真な女性が自宅に押しかけてきて「結婚してくださるわね」と口々に叫ぶ……。

副作用

エフ氏のとなりの家には、ひとり暮しの老人が住んでいた。大金をため込んでいるという評判だった。いつか訪問した時に、なにげなく聞いてみると、本人もそれを認めた。

「ああ、わしは金をためるのが、なによりも好きだ。だからこそ、質素な暮しをし、使用人もやとわない。あれこれ批評するやつがあるが、これは趣味の問題だから、どうしようもあるまい。わしの信頼する友人はこの金庫だけだ」

と、老人は指さした。たしかに立派で大きな金庫だった。洋服ダンスよりも一まわり大きい。

その時から、エフ氏は生きがいを見いだした。あの金庫のなかの金を、なんとかして手に入れたいものだ。その作戦をねることに熱中しはじめたのだった。

しかし、強引に押入り、暴力に訴えてみてもだめだろう。老人をしばりあげ、ナイフをつきつけておどしても、金庫は開くまい。なにしろ相手は、命よりも金が大切という主義の持ち主だ。それに、金をためるだけあって、ばかではない。殺したら、なおさら金庫があけにくくなることぐらい、百も承知だろう。

単純な正攻法では、成功しそうにない。もっと完全にしてスマートな手段を発見すべきだ。この研究が、エフ氏の趣味になってしまった。健全な思想とは呼べないが、趣味の問題となっては、老人と同じで、どうしようもない。

だが、熱意は必ず、なにかしらの成果をもたらす。彼はついに、最良と思える方法を発見した。

まず、友人の医者をごまかして、うまく薬を手に入れたのだ。毒薬ではない。老人を巧妙に殺してみても、エフ氏に遺産が入ってくる根拠は、なにもない。自白薬というやつ。

エフ氏はこれをお菓子にまぜ、さりげない様子で持参した。

「よそからのもらいものですが、めしあがりませんか」

老人は喜んで受取った。むだづかいは生活信条に反するが、ひとからもらうことは、こばまないことにしている。さっそく口に入れた。

エフ氏が胸をときめかせながら待っていると、老人はまもなく、うとうとしはじめた。そこで質問を開始する。

「すばらしい金庫ですね」

「ああ、丈夫そのものだ。たとえ火事がおこっても、なかみは焼けないという保証つきだ。念のために、買う前に試験してみた。まわりに材木をつんで、火をつけたのだ。これぐらい慎重でなければならぬ」

老人の声は、眠そうな単調さをおびてきた。薬の効果があらわれてきたらしい。エフ氏は問題の核心にふれた。

「ところで、どうやってあけるのです」

「まず、ダイヤルをあわせる。番号は……」

と老人は答え、エフ氏は書きとめた。

「それからどうやるのですか」

「カギをさしこんで、一回転させる。それで開く」

「そのカギはどこにあるのです」

「机の、上から二番目の引出しの奥だ」

これだけ聞き出せば充分だった。しかし、ついでに非常ベルの有無も聞き、それがついてないのを知ることもできた。

エフ氏は、すぐにも仕事にかかりたかった。だが、その誘惑を押えた。これという証拠は残らなくても、容疑者にされてはやっかいだ。いまは思いとどまることにした。

薬は二時間ほどで効力を失い、いずれ老人は目がさめる。しかし、そのあいだに話したことは、記憶に残らないのだ。

つぎの日。エフ氏は老人の外出するのをたしかめ、裏口から忍びこんだ。作業はすぐに終わるはずだ。自白薬の力で、老人から正確に順序を聞いてしまっている。

まず、ダイヤルをあわせた。カチリと小さな音がした。つぎはカギだ。机の引出しの奥には、カギがあった。自白薬の効果は、期待を裏切らない。それをカギ穴にさしこむと、ぴたりとおさまった。ふるえる手で一回転させる。手ごたえとともに、金属性の響きが重々しくおこった。なにもかも順調な進行ぶりだった。

エフ氏は胸をときめかせ、扉《とびら》を引いた。しかし、びくとも動かない。全身の力をこめて引っぱった。やはり同じことだった。

どういうわけだろう。自白薬はきいたはずだ。番号もあっているしカギもあった。作用に抵抗できて、うそをついたとは思えない。エフ氏は何度も考えなおした。だが、手落ちは考えられない。

あるいは、と思いついて、扉を引くのをやめ、力をこめて押してもみた。体当りもした。しかし、どうにも扉は開かない。こんなふしぎなことが、あるだろうか。エフ氏はすっかり考え込んでしまった。ふいに声をかけられるまで。

「こら……」

ふりむくと、老人がそばにいる。しかも、警官をつれている。警官は言った。

「家宅侵入の現行犯で逮捕する」

エフ氏は降参した。だが、あきらめきれないなぞが一つ残っている。

「しかし、これだけは教えて下さい。どうして、こんなことになってしまったのかを」

老人は答えた。

「きのうから、なぜか頭がぼんやりする。さっきも外出してから、大変な忘れ物をしたのを思いだした。そこで戻ってのぞくと、このありさま。警官に来てもらったわけだ」

「なにを忘れたのです」

「金庫にカギをかけるのを……」

エフ氏は自分で金庫にカギをかけ、それにむかって悪戦苦闘していたのだった。

車内の事件

列車はホームを発車し、しだいに速力をあげてきた。あたしは窓ぎわの席にかけたまま、コンパクトを出して顔をなおした。小さな鏡にうつっているあたしは、まだ若くて美しい。それを眺めながら、いままでにだました男は何人ぐらいになるかしらと、ふと考えた。

だけど、コンパクトを出したのは、こんな自己満足にひたるためではない。隣りの席の男を、そっと観察するためなのだ。

三十歳ぐらい。ちょっとえたいの知れない男だった。油断できないような点もあり、それでいて、まじめそうな点もある。どんな商売なのかしら。

ようすをうかがっていると、男はあたしのほうを、ちらちらと見る。興味か関心があるらしい。そして、無意識なのか時どき胸を押える。だけど、あたしを見て動悸《どうき》が激しくなったためではないらしい。また、単なる癖でもないようだ。おそらく、内ポケットになにか大切なものが入っているにちがいない。あたしには直感ですぐにわかった。それを見きわめ、あたしはコンパクトをしまった。

あたしは、さも退屈そうに窓のそとに目をやった。男が話しかけてきやすくするためだ。いままで、たいていの場合「どちらまでおいでですか」と話しかけてきた。そこで、あたしが控え目にひとこと答えると、相手はその十倍以上もしゃべってくれる。そうなると、とても仕事がやりやすくなるのだ。

だけど、いま隣りにいる男は、なかなか話しかけてこなかった。あまり女性とつきあったことがないのかもしれない。そういえば、服装など、やぼったい感じがする。こんなふうに女性よりも、お金や仕事や趣味といったことが好きな男も、たまにはいる。あたしは、少しいらいらしてきた。

いくら待っても反応がないので、あたしは次の作戦に移った。ハンドバッグをあけてハンケチを出し、うつむきながら押えたのだ。そして、苦しそうな声を出した。この声のこつもむずかしい。あたりに響くような大声でもいけないし、といって、隣りに聞こえなくては意味がない。しかも、苦しさをこらえている感情に、上品さがこもっていなくてはならない。

たいへん初歩的な計略なのだけど、すべての男がひっかかってくれる。これがもし映画のなかで、時は江戸時代、場所が街道の松の木の下、あたしが和服を着ていたら、すぐに警戒されてしまうだろう。それなのに、現代の列車内へ移っただけのことで、巾着《きんちゃく》切りのムードが消えてしまうのだから、男というものはたあいがない。

うまいぐあいに、男は声をかけてきた。

「どうかなさいましたか」

「い、いいえ、なんでもありませんの」

と、あたしはかすかに首を振った。ここでいちおう否定するのがこつ。打ち消せば打ち消すほど、好奇心が高まってくるのだ。

「どこか、ぐあいでもお悪いのでは……」

「いいえ、たいしたことはございませんの」

たいしたことではないが、少しぐあいが悪いことを打ちあけたわけ。

「無理をなさらないほうが、よろしいでしょう。車掌を呼びましょうか」

「それほどのことはありませんわ」

「しかし、なにかお役に立つことがあれば、ご遠慮なくおっしゃって下さい」

計略は順調に進展した。あたしは、さも苦しそうな口調でたのんだ。

「それでは、ほんとに申し訳ないんですけど、上の棚《たな》の旅行バッグに薬びんが入っておりますの。それを飲めばいいんですの。お手数でしょうが、その錠剤を出し、水にとかして飲ませていただけないでしょうか」

「お安いご用です」

と、男は立ち上り、背を伸ばしてバッグをおろしてくれた。そして、びんを出し、

「これでしょうか」

「ええ」

「いま、水を持ってきてあげます」

男は薬を持って席をはなれ、洗面所のほうへと歩いていった。一瞬のうちに、もう、あたしの仕事はすんでしまった。男が鞄《かばん》をおろすのに気をとられているすきに、内ポケットの封筒が、あたしの手に移ってしまったのだ。

すばやくなかをのぞくと、やっぱり札束。相当な額だ。あたしはそれを抜きとり、用意してあった同じ大きさの紙片を代りに入れた。

もとの姿勢にもどって待っていると、男は帰ってきた。紙コップを持っている。表情に変化はなかった。隣席の急病と、薬をとかす作業。これに気をとられていて、ポケットを調べるどころではなかったはずだ。

「どうぞ。薬はとけていますよ」

男はコップをあたしの口に運び、飲ませてくれた。薬といっても、ただの砂糖。む

せるようなふりをして飲みながら、あたしは男のポケットに巧みに封筒を滑りこませた。それからお礼を言った。

「ありがとう」

べつの意味での「ありがとう」であるのに気づかず、男は言った。

「どういたしまして。ぐあいはどうです」

「ええ、おかげさまで」

あたしは徐々によくなったようなふりをし、くりかえしお礼を言った。これをきっかけに話がはずみ、相手がポケットのなかみを調べようとしないでくれると助かるのだ。しかし、男は話には乗ってこなかったが、封筒をあらためようともしなかった。上からの感触で安心しているらしい。

でも、これであたしの仕事は終り。あとは、さりげなく次の駅で下車すればいいのだ。あたしは大げさにお礼をくりかえし、列車をおりた。すべて順調だった。なんの証拠も残していない。あの男がいかに主張しても、あたしがすり取ったという証明はできないのだ。

きょうの収穫は思いがけない額だった。なにに使おうかしら。その駅のビルのなかの商店街は、華やかな色彩であふれていた。欲しい品ばかり。あたしはまず宝石店のウインドウに引きつけられ、さらに、踊るような足どりで店のなかへとはいっていった。

大粒のダイヤを選び、いま手に入れたばかりのお金で支払いをした。早いところ使ってしまうほうがいいのだ。

その時、店員が妙な表情で言った。

「このお金でお払いになるのでしょうか」

なんとなく変な質問だ。だけど、すった金とわかるはずがない。心配する必要はないのだ。あたしはそしらぬ顔で聞きかえしてやった。

「いけませんの」

「はい。ちょっと困ります。一枚でしたらまだしも、こうまとまっては……」

「なにが問題なのか、おっしゃってちょうだい」

「これはみな、にせ札でございます……」

店員は電話をかけた。おそらく警察を呼んだのだろう。

あたしは息のとまる思いだった。逃げてもすぐにつかまるだろう。大量のにせ札を使おうとした者を、そのまま見のがしてくれるわけがない。第一、足もこわばって動かない。

まもなく警官がそばに来た。なんと言い訳をしたものだろう。にせ札の一味でないと立証するには、自分がすりであると主張しなければならない。いずれにしろ終りなのだ。

「あの男が……」

思わずあたしはつぶやいていた。あの、女などに熱中しそうにない、えたいのしれない男。あいつがにせ札使いだったとは……。

「どの男のことです」

警官は聞きとがめ、警戒した口調で言った。そのとたん、あたしはすばらしい口実を思いついた。絶体絶命となると、思わぬ道が開けるものだ。

「いまの列車のなかで、隣りの席の男から包みを渡されたの。改札口で待っている緑のネクタイの男に渡してほしいって。ところがそんな人はいないし、あけてみるとお金でしょう。ちょっと借用したくなって……」

「本当のお話でしょうか」

警官は疑い深かった。こんな言い訳が、そのまま簡単に通用するはずもない。

「本当よ。その男を早くつかまえてちょうだい。にせ札の真犯人なのよ。座席の場所も、人相も覚えているわ」

あの男はたぶん否認するだろう。だけど、警察がその住居や日常生活を調べれば、にせ札と関連のあるなにかが出てくるはずだ。そうなれば、あたしは釈放。それどころか、逮捕に協力したと感謝されるかもしれない。

「信じられないようなお話ですが、いちおう各駅に手配してみましょう」

警官はすぐに電話で連絡をとった。うまくつかまえてくれるといい。封筒のなかみがすりかえられたことに気づき、途中下車しないでいてくれるといい。それだけが、あたしの助かる唯一《ゆいいつ》の場合なのだから。祈りたいような気分だった。

不安と期待のうちに時間がたち、やがて電話が鳴った。

警官はなにごとかを話し終ってから、あたしに言った。

「ちょっと署までいらっしゃって下さい。くわしいお話をうかがいたいのです」

「で、どうだったの。つかまったの」

「たしかに、お話の男は乗っていました」

「じゃあ、あたしの疑いは晴れたわけね」

あたしはほっとした。しかし、警官は、

「にせ札の疑いの点は晴れましたが……」

「ほかに、まだなにかあるの」

「その男はにせ札犯人ではありません。にせ札に関する裁判の証拠品を持って旅行中の検事だったのです……」

危険な年代

近くを通りがかったついでであり、また、時間も中途半端《はんぱ》だったため、アール氏は裁判所をのぞいてみることにした。彼は五十をちょっと過ぎた年齢の、社会評論家。傍聴をしておけば、原稿を書く時のなにかの参考になるだろう、といった軽い気持ちだった。

といっても、どの法廷でどんな裁判が行なわれているのか、まるで見当がつかないため、彼はすぐそばにあった部屋を選んだ。ドアをあけて入ってみると、小さな法廷だった。しかも、傍聴席にはだれもいなかった。問題が大事件でも、派手な事件でもないことを察することができた。

だが、なにか異様な空気がただよっているように感じられて、アール氏は帰るのをやめ、そのまま、うしろの堅い椅子《いす》に腰をおろした。あらためて法廷を見まわすと、判事も検事も、また弁護士までいずれも相当な年配であることに気がついた。それにひきかえ、被告の席の男は、まだあどけなさが残る青年だった。その対照はきわだっていた。なるほど、いま感じた異様さの原因はこれだったのだな。アール氏はひとりうなずいた。

被告席の青年は、ちょうど自分の息子ぐらいの年齢のようだ。いったい、なにをしでかしたのだろう。アール氏はこう思いながら、つづけられている検事の論告に耳を傾けた。それを聞いているうちに、おおよその事情がわかってきた。

しばらくまえの夜、街なかの盛り場で、非行少年のグループどうしが乱闘し、そのあげく、けが人がひとり発生した事件だった。アール氏も、そういえば新聞の社会面で記事を読んだことを思い出した。

まったく、困った世の中だ。現代の若者たちは、規律ということをどう考えているのだろう。なにかの形で、若さを発散させたくなる点には同情する。しかし、他人に迷惑をかけ、社会をさわがせることは、許せない。アール氏は、日常の習慣で、評論調の文章を頭のなかで作りあげていた。みせしめの意味で重刑を科すべきだ。それにしても、どんな顔をしたやつだろう。アール氏は被告に視線を集中した。青年はあまり悪びれた様子をしていなかった。ひどいものだ、罪の意識を持っていないようだ。人を傷つけたというのに。危険な年代というのだろうか……。

だが、高まりかけたアール氏の怒りは、ここで中絶した。その青年の顔は、罪を意

識しないというより、罪を犯していないといった感じだったのだ。さらに注意して観察すると、検事が犯行に言及するたびに、青年の顔には不満そうな表情が浮かび、それがしだいに激しくなってゆくように思えた。罪の意識を持たなかったり、異常性格であったりすれば、このようなことはないのでは……。

アール氏が見つめつづけていると、青年のその感情はいっそう高まり、検事の論告が終ったとたん、押えきれない程度に達した。青年は不意に立ちあがり、叫び声をあげた。

「おれじゃない。おれは、なにもしていない。たしかに、おとなしく善良な人間ではないかもしれない。しかし、傷つけたのは絶対におれじゃないんだ」

アール氏の耳は、真実の響きを含んでいるように聞きとった。彼はこの成り行きに興味を抱いた。判事は青年を制した。

「被告は、勝手に発言しないように。申し述べたいことは、弁護人を通じて……」

白髪の多い判事は深刻そうな表情で、また、やさしくさとすような口調で言った。あまりに年齢のへだたった被告を扱う時には、このような態度をとらざるをえないのかもしれない。

注意を待つまでもなく、頭のはげた弁護人はあわてて被告のそばに寄り、肩をたたきながらなだめ、耳のそばでなにかささやいた。裁判のルールを説明し、また、さわいだりして判事の心証を悪くしては損だ、と忠告しているらしい。青年は歯ぎしりをし、目に憤《いきどお》りの色を浮かべていたが、やがて、あきらめたように首をたてに振った。

おこりかけた波乱もおさまり、法廷はもとの静かさにもどった。裁判は進行し、証人が呼ばれた。被告を逮捕した警官だった。さわぎの知らせを受けてかけつけ、血まみれのナイフを持って立っていた被告を捕えたと証言した。

弁護人は証人に聞いた。

「そばに落ちていたナイフを拾いあげたのを、見まちがえたということはありませんか」

「そんなことはありません。倒れた被害者から、ナイフを引き抜いたのです。たしかに、その時は、大ぜいが入り乱れていました。しかし、わたしは勤続二十五年の警官です。見まちがえすることはありません」

勤続二十五年というだけあって、やはり相当な年配だった。おそらく、でたらめではないだろう。自分の成績をあげるためにいいかげんな証言をしたり、なんらかの理由でうそをつくような男だったら、いままでにどこかでぼろを出し、こう長くは勤続できないだろうと想像された。

弁護人はこの目撃の点について、あまり追及せず、質問を簡単にきりあげた。現行犯ではどうしようもないのだろうか。証人は法廷から出ていった。

くやしそうな表情の被告にかまわず、弁護人は弁論をはじめた。被告は少年のころに両親を失い、親類の手で育てられた。また、通俗的な言いわけだが、社会の混乱にも言及していた。アール氏はそれを聞きながら、どことなく、そらぞらしさとお座なりとを感じた。しかし、弁論はつづき、

「……被告は自分の罪をみとめ、心から反省しております。こんご二度と、このような事件をおこさないと誓っております。この点をご考慮いただき、なにとぞ寛大な判決を」

と終った。さっきの青年の絶叫を、すっかり忘れでもしたかのようだった。弁護士ばかりでなく、検事もそれに異議を申し立てず、判事もまた注意をしなかった。

いくら年配者がそろっていても、自分と同じぐらいの年齢だ。耳が遠いはずはない。たとえ少しぐらい遠くても、あの叫びが聞こえなかったはずはない。アール氏の不審におかまいなく審理は完結し、判事は刑の宣告をした。

求刑より軽くはなっていたが、猶予《ゆうよ》のつかない懲役刑だった。傷害をおこなったのなら当然なのだろう。もっとも、本当に傷害をおこなっていればの話だが……。

法廷のなかの緊張は、やっとゆるんだ。しかし、それをひっくりかえすように、ふたたび絶叫が響きわたった。もちろん、青年の声。

「おれじゃない。おれはなにもしていないんだ」

青年は傍聴席のアール氏をみとめ、唯一《ゆいいつ》の救い主ででもあるかのように訴えた。だが、法廷の関係者は、だれも、それにとりあおうとしなかった。

責任感のようなものを覚え、アール氏はもう少し事情を知りたくなった。そこで、名刺を出し、弁護士に話しかけてみた。

「こんなことに口を出すのは、どうかと思っていますが、いまの青年は本当に犯罪をおかしたのでしょうか」

書類を鞄《かばん》にしまい、廊下に出てきた弁護士は、迷惑そうなようすだったが、答えてくれた。

「仕方ありません。ああはっきりした証人があっては、どうしようもありません」

「しかし、青年は無実だと叫んでいたようですが」

「ええ。青年の言いぶんによると、自分もさわぎに参加したが、傷つけはしない。ほかの者たちは逃げ、血まみれのナイフを拾い、驚いてぼんやりとしていた自分だけがつかまった、というのです」

「それなら、なぜ、その点を、もっと主張しなかったのです。聞いて、歯がゆいような気がしました」

「わたしも、このとしになるまで、ずっと弁護士をやってきました。信用もあります。もちろん、できれば無罪にしたい。だが、証人があっては、どうしようもありません。あくまで無罪を主張しても、採用されそうにありません。それよりも、罪をみとめ、反省を示し、刑を軽くしてもらう方法のほうが、得策であり、残されたただ一つの道でした。このことを、あらかじめ言い聞かせておいたのですが……」

アール氏はいささか不満だった。

「犯人でないという立証は、できないのでしょうか。たとえば、被害者に聞くとかして」

「それができればいいのですが、被害者はうしろから刺されて前に倒れたため、相手の顔を目撃していないのです」

「しかし……」

と、アール氏はまだなっとくできなかった。弁護士は不愉快そうな口調になった。

「できるだけのことはしました。わたしにも、あの青年と同じくらいの息子があります。ひとごととは思えませんから、特に熱を入れました。弁護料だって僅《わず》かなものです。犠牲的な形で、買って出たようなものです。ほかのだれが弁護したって、いまの刑より軽くできるとは考えられませんね」

弁護士は語気を強めたが、アール氏にはなぜか空虚な声としか思えなかった。

「あの証人は、信用できるのでしょうか」

「もちろんですよ。長いあいだ、まちがいなく勤めてきた警官です。つまらないことで、恩給を棒に振ることなど、考えられないでしょう」

なるほど、そうかもしれない。だが、アール氏の心のなかの、指摘しようのない割れ目は、依然として埋まらなかった。関係者がみな、ぐるになってあの青年を、有罪にしてしまったような気がしてならないのだった。アール氏は、さらに、聞きにくいことをもう一つ口にした。どうせ、二度と会うことのない弁護士だろう。

「こんなことは、考えられませんか。検事や判事に、どこからか圧力がかかったとは」

弁護士は少し顔色を変えた。

「なにをおっしゃるのです。わたしと立場はちがいますが、いずれも、ずっと職務に忠実だった人たちです。あなたやわたしと同じに、家族もあり、社会的な尊敬も受けている人たちです。万一、本当に万一ですが、国家の重大事件で、社会の秩序を保つ非常手段として、裁判に圧力が加わるということは、想像できなくもないかもしれません。しかし、この裁判で、どこから、なんの目的で圧力がかかるのですか」

考えられないことだった。若者の傷害事件なのだから。

「そういえば、おっしゃる通りです」

アール氏は気まずい様子でうなずき、その場をはなれた。

家へ帰りついたものの、アール氏はやはりさっぱりしなかった。耳の底では、あの青年の叫びが響きつづけている。うそではない、真実の叫びが。

どこかがまちがっている。どこかに悪がひそんでいるようだ。正体は不明だが、なにかの力が法廷を支配していたようだ。社会評論家を長年つづけてきたアール氏は、自分のその勘を信じた。

それを信じるとすれば、このまま黙っていることは許されない。社会評論家の義務ではないだろうか。問題として取りあげ、再検討を人びとに訴えるべきだ。では、なにから手をつけたらいいだろう。そうだ、証人をさがし出すことだ。

あの事件で、目撃者が警官ひとりということはない。もちろん、目撃していても、かかりあいになるのをいやがる市民は多い。だが、一人の無実の青年が有罪になっていいものだろうか。

アール氏は筆をとった。人びとの良心に呼びかけるのだ。そして、その文章には自信がある。

時間のたつのも忘れ、アール氏が机にむかって筆を進めている時、玄関に物音がした。息子が帰宅したのであることは、靴《くつ》をぬぐ物音でわかった。

アール氏はふと眉《まゆ》をくもらせ、廊下を通る息子を呼び入れた。

「おい、おまえ」

「なんです、パパ」

いつものように、おそい帰宅をとがめられるのかと思ってか、息子の答えはおどおどしていた。

「いまごろどこへいっていた」

「どこでもいいじゃないの」

「まあ、いい。ところでおまえ、しばらくまえのことだが、盛り場でさわぎがあり、一人が背中を刺されるという事件があった。知っているか」

「ええ」

「あの晩、おまえはどこへいっていた」

「覚えていませんよ。そんなこと、どうでもいいじゃありませんか」

と答える息子の顔色は、少し変ったようだった。あるいは、アール氏の気のせいだったかもしれない。しかし、アール氏の顔色はあきらかに変った。

アール氏はそれ以上、なにも言わなかった。息子は無表情のまま自分の部屋にむかっていった。

それを深刻な顔で見送っていたが、やがてアール氏は机の上の書きかけの原稿を手にし、破り捨てた。息子を動きのとれないような立場に追いこむかもしれない可能性を少しでも含んだ作業など、つづける気にはなれない。たとえ、その可能性がどんなにわずかでも、可能性として存在する限りは。息子を心から愛しているのだし、その息子のためとなれば、だれだって、できる限りの方法をとるだろう。だれだって……。

いつのまにか、アール氏の胸からは、もやもやした雲が消えてしまっていた。それどころか、弁護士、検事、証人の警官たちに、親しさを感じはじめていた。みな、同じように息子を持ち、それを心から愛し、なにをしても許し、まもってやる、やさしく善良な父親たちなのだ。自分たちのような立場の者を、危険な年代とでも呼ぶのだろうか。アール氏は微笑をした。危険な年代と呼ばれようが、いっこうかまわない。親ごころ以上に強い力が、この世の中に存在するだろうか。

秘薬と用法

夜もふけたころ。エヌ博士は研究室のなかで、ひとり考えごとにふけっていた。その時、うしろから聞きなれぬ声がした。

「さあ、手をあげろ。大きな声をたてるな」

ふりむくと、帽子を深くかぶり、覆面をした男が立っていた。手袋をはめた手には、拳銃《けんじゅう》らしきものをもっている。それを見たエヌ博士は、落ち着いた口調でいった。

「だれだ、いまごろ。そんな変なかっこうをして。ここは子供の遊び場でも、テレビのスタジオでもないぞ」

「のんきなことをいうな。おれは強盗だ。なにか金目のものを出せ。手荒なことをするつもりはないが、この拳銃はおもちゃとはちがうぞ」

強盗はそれを博士の胸にむけた。どうやら、冗談ではなさそうだ。

「まあ、待ってくれ。ごらんの通り、いまのところ、わたしはただの貧乏な学者だ。こんなところに、たいしたもののあるわけがない。やっと研究が一段落した、その金のもうかる薬のほかには……」

博士のそばの机の上にある、小さなビンを指さしかけたが、あわてて、その手を自分の口に当てた。だが強盗は、それを聞きのがしたり、見のがしたりなどしなかった。香水入れのようなビンで、透明な液体が貴重そうな感じでおさまっている。

「なんだと、金のもうかる薬だと。そんな薬を完成したのか。さあ、どんなものなのか説明しろ」

強盗は片手でビンを取り、片手では銃口を博士の胸にさらに近づけた。

「アラブ地方に旅行した時に手に入れた、古い文献にヒントを得て研究しはじめたのだ。まさに、画期的な分野といえるだろう。金銭に関する人間の脳細胞と神経に集中的に作用し、それを鋭敏にする。すなわち……」

「わかった。学術的な解説はどうでもいい。要するに、貴重なものなのだな。よし、これをもらって帰ることにする」

「それは困る」

「だめだ。どうしても返してもらいたいのなら、三日以内に身代金《みのしろきん》を用意し、おれからの連絡を待て」

「とんでもない。金策のあてはない。それは、わたしが飲むために作ったものだ。持っていかないでくれ」

「飲む、とかいったな。うむ。考えてみれば、三日間あずかったりする必要はないわけだ。おれが飲めばいい。これでもう、強盗のような手数のかかる仕事をしなくても……」

とめるひまもなかった。ビンの液体は、一瞬のうちに強盗の口に入ってしまった。

エヌ博士はそれを見て、あわてて驚きの叫びをあげた。

「や、飲んでしまったな。とんでもないことをするやつだ」

「悪く思うなよ。もう手おくれだ」

「悪くは思わないが、手おくれの点だけはたしかだ」

「どういう意味だ、それは」

「いまのは第一液。効果を発揮させるには、つぎに第二液を飲まなければならない。第一液だけだと、ききめがないばかりか、感心しない症状があらわれる」

「どんなことだ」

「副作用のため、徐々に頭がぼけ、二年ほどたつと命を失う」

それを聞いて、強盗は顔色を変えた。声までいらいらした調子になった。

「そうか。では、その第二液とやらを早くよこせ。さもないと、この拳銃の引金をひくぞ」

「しかし、まあ、落ち着いて考えなさい。わたしを殺しては第二液が手に入らない。そうなったら困るだろう」

「それはそうだ。たのむ、ぜひ、その第二液とやらをわけてくれ」

強盗は態度をあらため、哀願した。だが、博士はそっけなく答えた。

「せっかくだが、それはできない」

「なんだと。おれを見殺しにする気か。それなら、こっちもやけだ。おまえを殺して道づれにする。それから、この室内を徹底的にさがせば、第二液が見つかるかもしれない」

強盗の目は殺気をおびてきたが、博士はゆっくりと手を振って答えた。

「むりだね。いくらさがしても見つからないだろう」

「なぜだ」

「よく聞いてもらいたい。できるものなら、わたしも薬を進呈したい気持ちだよ。しかし、じつは第二液のほうは、まだ出来ていないのだ。さっきも、研究が一段落したとは言ったが、完成したとは言わなかったはずだ」

「では、すぐにその研究を完成してくれ」

「もちろん、わたしもそうしたいと思っている。方針は立っているのだから、一年ぐらいで完了するだろう」

「それなら、おれも死なずにすみ、金のもうかる効果があらわれてくるというわけだな」

「そうだ。しかし、それには研究費がかかる。なんとか第一液はできたものの、費用のあてがなくて悩んでいたところだったのだ」

「そうだったのか。となると、ぐずぐずしてもいられないな。よし、仕方がない。その費用は無理をしてでも、おれがよそから集めてこよう。先生は金のことなど心配せず、研究をつづけ、完成を急いでくれ。ところで、その研究費というやつは、毎月どれくらいあればいいのだ」

「そうだな……」

エヌ博士はもっともらしい表情で首をかしげた。この相手には、いくらぐらいが適当だろうかと考えながら。

殺し屋ですのよ

ある別荘地の朝。林のなかの小道を、エヌ氏はひとりで散歩していた。彼は大きな会社の経営者だが、週末はいつも、この地でくつろぐことにしているのだ。すがすがしい空気、静かななかでの小鳥たちの声……。

その時、木かげから若い女があらわれた。明るい服装に明るい化粧。そして、にこやかに声をかけてきた。

「こんにちは」

エヌ氏は足をとめ、とまどって聞いた。

「どなたでしたかな。失礼ですが、思い出せません」

「むりもありませんわ。はじめてお会いするのですから。じつは、ちょっとお願いが……」

「しかし、あなたはどなたなのですか」

「それを申しあげると、お驚きになるでしょうけど……」

「いや、めったなことでは驚きませんよ」

「殺し屋ですのよ」

女は簡潔に答えた。だが、見たところ虫も殺せそうにない。エヌ氏は笑いながら、

「まさか……」

「冗談でしたら、なにもわざわざ、こんな場所でお待ちしませんわ」

女はまじめな口調と表情だった。それに気がつくと、エヌ氏は不意にさむけのようなものを感じ、青ざめながら口走った。

「さては、あいつのしわざだな。だが、こんな卑劣な手段に訴えるとは思わなかった。ま、まってくれ。たのむ。殺さないでくれ」

哀願をくりかえすと女はこう言った。

「誤解なさらないでいただきたいわ。殺しに来たのではございませんのよ」

「はて、どういうことだ。殺し屋がわたしを待ち伏せていた。しかし、殺すのが目的ではないと言う。殺し屋なら、殺すのが商売のはずだろう」

「そう早合点なさっては困りますわ。注文をいただきにうかがう場合だってありますのよ。いまはそれですの。どうかしら、ご用命いただけないかしら」

事態がいくらかのみこめて、エヌ氏はほっとした。

「そうだったのか。すっかり驚いてしまった。しかし、いまのところ用はない」

「おかくしなさることはありませんわ。さっき、さてはあいつか、とおっしゃいました。あいつとは、G産業の社長のことでございましょう」

「ああ、G産業にとって、わが社は最大の商売がたきだ。社長はすご腕で、競争に勝つには、非常手段をとりたくもなるだろう、と考えたわけだ。ということは、わが社にとってもG産業は最大の商売がたき。ここでの話だが、正直なところわたしとしても、彼が死んでくれればいい、と思わないでもない」

女は目を輝かせて、身を乗り出した。

「そのお仕事をやってあげましょうか」

「それは耳よりな話だが……」

「お引き受けしたからには、手ぬかり一つなく、完全にやりとげてごらんに入れますわ」

エヌ氏は女を眺めなおした。だが、そんな仕事がやれそうには見えない。また冷酷な子分を配下にそろえていそうにも見えない。彼はしばらく考えてから言った。

「せっかくだが、お断わりしよう。あなたを全面的に信用しようにも、それだけの根拠がないではないか。万一、やりそこなってつかまり、わたしが依頼したということが表ざたになったら、わたしまでが破滅だ。そんな危険をおかしてまで、彼を殺す気はない」

「ごもっともですわ。だけど、小説やテレビだけの知識で、殺し屋を想像なさらないように。銃や毒薬を使ったり、自動車事故をよそおうといった、ありふれた発覚しやすい方法を使うのではありませんもの」

「というと、どんな殺し方をするのだ」

「決して不審をいだかれない死、病死をさせるのですから」

エヌ氏は顔をしかめ、苦笑いをした。

「冗談じゃない。そんな方法など、ありえない。第一、どうやって病気にさせるのだ」

「呪《のろ》い殺す、とでもしておきましょうか」

「ますますひどい。失礼だが、正気なのですか。病院でみてもらったらいかがです」

からかうようなエヌ氏の視線を感じないかのように、女は話を進めた。

「呪い殺すという言葉が古いのでしたら、こう言いかえてもけっこうですわ。巧妙な手段で相手の周囲のストレスを高め、心臓を衰弱させて死に至らしめる。現代の医学の定説によりますと、ストレスとは……」

「こんどは、急にむずかしい話になった。要するに、彼を自然死させるというのだな。しかし、まだどうも信用しかねる。そううまくいくとは……」

エヌ氏は腕を組み、首をかしげた。女はその内心を察してか、

「うまい話を持ちかけ、お金だけ受取って、そのまま。こんな点をご心配なのでしょうね。だけど、ご安心いただきたいわ。すんでからの成功報酬でけっこうですの。手付金などいりませんわ」

「しかし……」

「期限もお約束いたしますわ。三カ月以内と申しあげたいところなんですけど、余裕をとって六カ月待っていただければ、確実にやりとげてさしあげます」

「いやに自信があるのだな。しかし、こんな時にはどうするのです。成功はした、だがわたしが報酬を払わない。困るでしょう」

「きっとお支払い下さいますわ。あたしの手腕をごらんになれば」

「そういうものかな。それなら、まあやってみてくれ。成功すれば、お礼は払うよ。成功しなくても、もともとだ。たとえ、やりそこなって発覚しても、わたしが巻きぞえになるような証拠も残らないようだ」

エヌ氏は慎重に考えながら、ついにうなずいた。

「では、楽しみにお待ちになって下さい」

女は足早に帰っていった。それを見送りながら、エヌ氏は半信半疑でつぶやいた。

「妙な人間もいるものだな。本当にそんなことが出来るのだろうか。手付金なしだから、べつに損もしなかったが」

だが、そんなことも忘れ、四カ月ばかりたった時、エヌ氏は、ニュースに接した。問題のG産業の社長が、病院での手当てのかいもなく、心臓疾患で死んだのだ。そして、警察が不審を持って調べはじめたという動きもなく、無事に葬儀も終った。

その数日後、エヌ氏が別荘での朝の散歩をしていると、林の道でまた、いつかの女が待っていた。こんどは、エヌ氏のほうが先に声をかけた。

「こんなにすばらしい手腕とは思わなかった。おかげで、わが社もG産業を圧倒できそうだ。しかし、まだ信じられないほどだ」

「お約束した通りでしょう。では、報酬をお願いしますわ」

もし払いたくないと断わったら、こっちが対象にされるかもしれない。

「わかっている。払うよ」

「ありがとうございます」

女は金を受取り、エヌ氏と別れた。そして町へ。彼女はあとをつけられないようにとだけ注意した。素性がわかっては困るのだ。

家へ帰り、服装も髪型も化粧も、ずっと地味なものに変える。それから出勤し仕事のための白衣に着かえれば、立派な看護婦だ。事実、医師たちの信用も厚い。だから、彼女のたいていの質問に医師は答えてくれる。

「先生、いま帰られたかたですけど、病状はどうなんですの」

「良くない。正直なところ五カ月かな。長くても八カ月はもたないだろう。しかし、こんなことは、決して本人や家族の者に言うなよ。ショックを与えることになる」

「もちろん、わかっておりますわ……」

彼女だって、本人や家族に告げるつもりはない。もっとも、カルテで住所を調べ、職業を調べ、その人にうらみを持っている人や、商売がたきには……。

運命のまばたき

刑務所のその部屋のなかには、三人の囚人がいた。その一人がこう言った。

「ああ、おれはじつに運が悪い。もう一週間だけ、なんとかかくれていれば、時効になったところなのに」

それにつづいて、もう一人が言った。

「おれのほうが、もっと運が悪い。列車がもう五分だけ早く出発してくれたら、うまく逃げだせたところだった」

すると、三番目の囚人はこんなことをつぶやいた。

「二人ともいいほうさ。おれなんかの不運は、もっとひどい。うまい計画をたてたのだが、まばたき一つする時間のために、つかまってしまった」

「いったい、それはどんなことだったのだ」

と、ほかの二人はふしぎそうに聞いた。

彼は話しはじめた。

「じつは……」

おれはアパートの二階の一室に住んでいた。ある晩、おれは部屋の窓から、ぼんやりと、そとをながめていた。遊びに出かけるにも、その金がなかったのだ。いや、遊ぶ金どころか、アパート代もたまったままで、このままでは、まもなく追い出されてしまう。

といって、収入がないわけではなかった。昼間はある時計工場に勤めていた。しかし、借金をして買った株が値下がりし、給料の大部分は借金をかえすのに回さなければならなかった。こんな状態をいいかげんに打ち切りたかった。

おれはなんとかして、まとまった金を手に入れたかった。泥棒をしてでも金を手に入れたかった。だが、泥棒というのも、そう簡単なことではない。どこの家へ忍びこんで、どこをさがしたら金があるのか、まるで見当がつかない。

おれが金のあり場所を知っているのは、勤め先の工場ぐらいだった。しかし、そこに忍びこむのは危険な仕事だ。なぜなら、内部の事情にくわしい者の犯行と思われ、おれにも疑いがかかってくる。その時、うまく言いのがれができなかったら、つかまってしまうことになる。

言いのがれるには、アリバイがなくてはならない。つまり、犯罪が行なわれた時にそこにいなかったことを、はっきりさせなくてはならないのだ。その時刻にはアパートの部屋にいた、という証人が必要だ。

しかし、そんな証言をしてくれそうな人物に心当りはなかった。たとえ、証言をたのんで引き受けてくれる者があったとしても、他人というものはあまり信用できない。分け前を要求されたり、あとあとまでつきまとわれたりする。また、警察で調べられた時に、すぐ白状してしまうかもしれない。ひとに証言をたのむ方法は、どうもうまくいきそうになかった。

だが、計画をあきらめたわけではない。泥棒に入っている時刻に、おれがこの部屋にいたことを示すうまい方法はないだろうか。

そして、カメラを利用することを考えついた。その時刻に、この窓からそとを写していたことにしたらどうだろう。窓の下は通りになっていて、むこう側には明るく、夜おそくまで繁盛《はんじょう》している薬屋がある。それを写した写真を見せ、

「この通り、ここからそとを写していました」

と言うことができれば、疑いは晴れるにちがいない。ここでカメラをいじっていながら、べつな場所で犯罪が行なえるはずがない。

ここまで思いついたら、あとは簡単だった。カメラに時限装置をとりつければいいのだ。ふつうのセルフタイマーでは、あまり長い時間にわたっては使えない。しかし、おれは時計の技術を身につけているため、時計とシャッターをうまく連絡させるぐらいのことはできそうな気がした。

それから二日ほどは、手製の時限シャッターを作るのに熱中した。やっと完成し、試験をしてみると結果は上々だった。三十分たつと、ぱちりとシャッターが押される。

そこで、いよいよ計画を実行にうつすことにした。いったんアパートに帰り、夜になるのを待って、窓のそとにカメラをむけて二、三回シャッターを押した。それから薬屋にむけてカメラを固定し、自動装置をしかけた。

部屋の明りはつけたままにした。消しておくと留守と思われる。ひとに見られないように注意しながらそとへ出て、工場にむかった。

工場に忍びこむのは簡単だった。自分が勤めている工場だから、へいのどこがこわれかけているか、警備員の見まわりが何時なのかなどを知っていたのだ。

そして、指紋を残さないように注意しながら、会計課のロッカーをこじあけることに成功した。大金というほどのことはなかったが、おれにとっては充分な金額の札束があった。アパートでは今ごろ、あのシャッターが押されているだろうと思いながら、おれはそれをカバンにつめた。

証拠を残さないように気をつけながら工場をぬけ出し、急いでアパートに戻った。カメラをみると、うまくシャッターが押されてあった。おれはほっとし、もう一回シャッターを押した。これで、ずっとこの部屋にいたことになる。

だが、まだあとしまつが残っている。手製の時限シャッターをはずして近くの川に投げこみ、札束は空缶《あきかん》につめて川岸の石垣のあいだにかくした。これでなにもかも、うまく事が運んだわけだ。

つぎの日。工場では案のじょう大さわぎだった。警備員が見まわって、会計課のドアが開いているのを不審に思い、のぞいてみて盗難を発見したのである。しかし、おれはあわてなかった。その時刻には、自分の部屋にいたことになっているのだから。

警察の人が内部の者と推定して、ひとりひとり調べはじめたが、おれは落ち着いたものだった。警官はこう聞いてきた。

「あなたは、その時刻になにをしていましたか」

「アパートの自分の部屋にいました」

「だれかといっしょでしたか」

「いや、一人でいました」

「証人がいないのは困りましたね」

「証人はいませんが、証拠となるものならあります」

「なんですか」

「そのころ、窓からそとを写真にとっていました。それを調べていただけば、はっきりするでしょう」

「では、それを拝見させて下さい。おっしゃる通りなら、あなたに関しての疑いは晴れることになります」

　おれは内心にやりと笑った。だが、そんなことは少しも顔に出さなかった。アパートからカメラを持ってきて、カメラごと警官に渡した。なかのフィルムを現像してもらえば、おれが三十分以上は部屋をあけなかったことがはっきりする。昨夜は、往復に一時間もかかる工場へは、出かけなかったことがわかるはずだった……。

　彼がここまで話してきた時、べつの囚人たちはふしぎそうに口を出した。

「それなら、うまく計画どおりにいったわけじゃないか」

「いや、うまくいっていたら、こんな所に今ごろ入っていないよ」

「さては、シャッターを押す装置がうまく働かなかったのだな」

「いや、警察が現像したフィルムには、ちゃんとうつっていた。しかし、予定の薬屋でなく、トラックがうつっていた。家具屋の配達用のトラックが、たまたま道ばたで停車していたのだ」

「べつに問題はないんだろう。トラックを調べてもらい、その時刻にそこにいたことを証明してもらえば」

「トラックだけならよかったんだが、とんでもない物をつんでいたんだ」

「なんだ、それは。困るような品物などないだろう」

「それがあるんだ。大きな鏡をつんでいた。そこにこっちの窓が映っていた。警察が写真を引き伸ばしたので、おれの計画はめちゃめちゃになった。拡大された写真では、窓のなかのおれの部屋には、だれもいない。そればかりか、苦心して作った自動シャッターつきのカメラまでわかってしまった」

「なるほど、運の悪い話だな」

「カメラが、とんでもない時にまばたきをしたからだ。そのわずかな時間のまばたきのおかげで、おれはつかまってしまったのだ」

女の効用

「さあ、車はこのへんで停める。あとは歩いてさとられぬように近づくのだ」

私は部下の警官二名をつれて車から下り、目的の家に近づいた。家といっても、町はずれの原っぱのなかにぽつりと建てられた、小屋といったほうがいい建物だった。

「むこうはひとりでしょうか」

部下の一人は小屋を指さして言い、私はうなずいた。

「たしかだ。やつに仲間はいない。だが、気をつけろ。やつは銃を持っている。それに、追いつめられたとなると、死にものぐるいで抵抗してくるかもしれぬ。まだ若いし、むきになるとなにをするかわからん」

小屋のなかには犯人がひそんでいる。その青年は宝石店をおそい、宿直の店員を傷つけ、札束を強奪して逃走した。私はその捜査を担当し、聞きこみを重ね、足どりを追い、やっとこのかくれ家をつきとめて、逮捕に来たのだ。

小屋にむかいながら、部下はまた私に聞いた。

「写真で見たところでは、あいつは純真そうな青年のようですが、なんであんな強盗などしたのでしょう」

「女だ。バーにつとめている年上の女に熱をあげ、なんだかんだと、金が必要だったらしい」

「なるほど。その気持ちはわかります。しかし、強盗までするとは、よほどの美人なんでしょうね」

「いや、取り調べのため会ってみたが、それほど美人とも思えなかった。まだ若いので、のぼせてしまったのだろうな」

目ざす小屋が近づき、私は部下たちを制し命令を下した。

「さあ、一人はむこう側へ回れ。おまえは、おれといっしょにここにいろ。さいわい、まわりは原っぱだ。逃げようがない。あいつを袋のネズミにしてからとりかかるとしよう。殺さずにつかまえたいし、こっちもけがなどしたくない。一応おとなしく出てくるよう呼びかけてみたいのだ」

「わかりました。だが、あいつが逃げようとしたらどうしますか」

「その時は威嚇《いかく》射撃をして、小屋のなかに追いもどせ」

「はい」

部下の一人は低い姿勢で小屋のむこう側へ回った。準備が完了したのを見て、私は小屋にむかって大声でどなった。

「おおい、宝石店を襲った犯人。出てこい。小屋は完全に包囲したぞ。むだな抵抗はやめて、手をあげて出てくるんだ」

耳をすまして待っていると、小屋から返事がかえってきた。だが、それは言葉ではなく、一発の銃声と、私のそばで土ぼこりをあげた弾丸だった。私はあわてて木のかげにかくれ、そして、もう一回叫んだ。

「あばれてもむだだぞ。もう逃げられっこはないんだ。それに、おとなしく出てくれば刑も軽くてすむ。われわれを傷つけたりしたら、それだけ罪が重くなるぞ。よく考えてみろ」

しかし、この呼びかけに対しても、相手の答えはやはり銃声と弾丸だった。それにつづいて、やつの興奮した声がひびいた。

「いやだ。とんでもない話だ。ここまで逃げてきて、いまさらおとなしく出て行けるものか。もう、やぶれかぶれだ。うつならうってみろ。みな殺しにしてやる」

また、一発の弾丸がそばで土ぼこりをあげた。

「なまいきなやつです。こっちからうちこんで、悲鳴をあげさせてやりましょう」

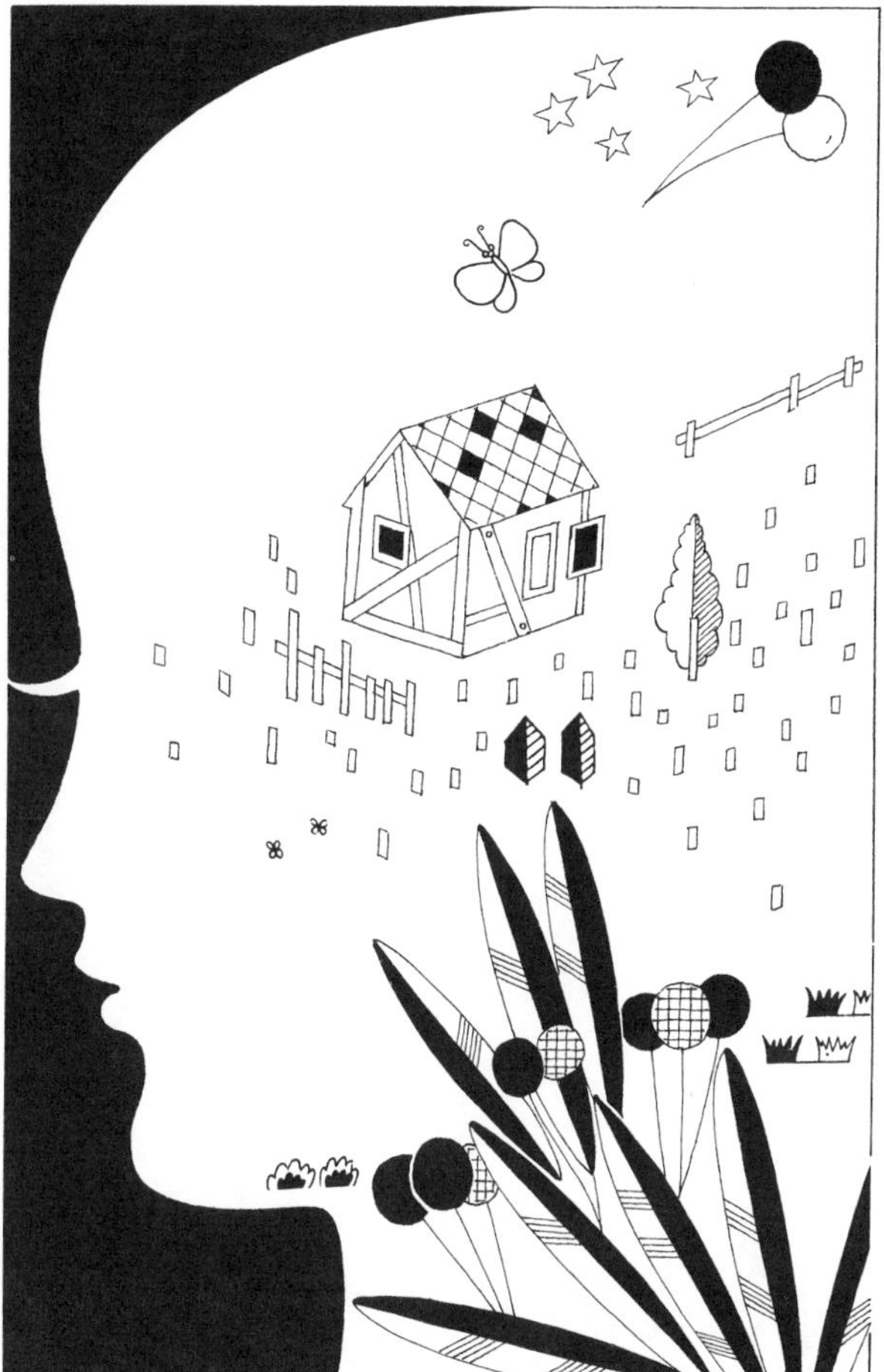

と私のそばの部下がせきこんだ調子で言ったが、私はそれをとめた。

「待て」

「待つことなんかありません。むこうは一人、われわれは三人。射撃だって、むこうはしろうとだ。大丈夫ですよ。わたしが小屋に近づきますから、援護して下さい」

「いかん。あいつはだいぶ興奮している。射撃は下手かも知れんが、それだけになお危い。まぐれ当りということもある。それに、小屋の近くには身をかくす物がない。へたに近づいてけがをしてもつまらん。やつは逃げようがないのだ。あわてることはない」

「だが、このままではどうにもなりません」

「まあ、待て。すばらしい事を考えついたのだ」

「どんな事です」

と部下はふしぎそうな表情をした。

「おまえはさっきの自動車に戻れ」

「はい。本署へ連絡し、催涙弾と応援を頼むわけですね」

「そうではない。あいつをつかまえるのにそんな大げさなことをしては、みっともない。わたしの手でつかまえたいのだ。やつの女がここからそう遠くない所に住んでいることを思い出した。ひとつ、彼女を連れてきてくれ」

私はポケットから彼女の住所を書いたメモを取り出した。

「女を連れてきてどうするんです」

「あいつがあれだけ熱をあげている女だ。彼女を連れてきて説得させれば、やつだってそう手むかいをしないで出てくるだろう」

「なるほど、あまり堂々たる手段とも思えませんが、いい方法かも知れませんね」

「この際、けが人を出さないためには仕方がない。さあ、早く行って連れてきてくれ」

部下は自動車に戻っていった。

それからしばらく、私は何回か小屋に呼びかけ、小屋からはそのたびに拒否の返事と弾丸がかえってきた。

むこう側にいる部下が小屋に近づこうとしたが、やつの銃で追いかえされ、やつも一回は窓から逃げだそうとしたが、私の拳銃《けんじゅう》によって、あわてて身をひそめた。事態は変化しそうになく、私はいらいらしはじめた。

その時、やっと部下が女を連れて戻ってきた。私はほっとし、小屋の見張りを部下にまかせて、彼女に話しかけた。

「急に呼び出して来ていただき、ご面倒をかけます。ここで、ぜひあなたの力をかりたいのです。彼があの小屋にひそんでいるのです」

「まあ、あんな所に……」

と、彼女は顔をしかめた。そのため、美人でもない顔がますます変な顔になった。やつはどうしてこんな女に夢中になったのだろう。だが、いまはそんなことを考えている時ではない。

「ごらんの通り、われわれは彼を追いつめ、完全に包囲しました。しかし、呼びかけても彼は出てきません。われわれはここで、けが人を出したくないのです。そこで、ぜひ、あなたに呼びかけていただきたいのです。世の中で彼が従うのは、あなたの言葉以外にないでしょう」

彼女はまんざらでもない表情で、

「あたしの言葉で出てきてくれるといいのですけど」

と、しばらくためらっていたが、私のたっての頼みでうなずいた。そこで、まず私が小屋に叫んだ。

「おおい。しばらくうつのはやめろ。おまえに話したい人が来ているんだ」

「だれだ。早くしゃべって帰れ。おれは決してつかまらんぞ」

私は彼女に合図をした。彼女はそれに応じて声をはりあげた。

「ねえ、聞いてちょうだい。あたしよ。あなたがここにいると聞いて、かけつけてきたのよ」

すると、小屋から驚きにあふれた声が返ってきた。

「まさか。しかし、声だけでは信用できない。顔を見せてくれ」

私は計画がうまくいきそうなのに力を得て、彼女をおだてた。

「ほら、彼は驚いています。その調子でやって下さい。彼の運命はあなたの言葉にかかっています。少し近づいてみて下さい。彼はあなたをうちはしません」

彼女はうなずき、ふたたび叫んだ。

「ほら、本当にあたしよ。その小屋は囲まれているのよ。あばれないで出てきてちょうだい。あたしはあなたに、けがをさせたくないのよ」

小屋からのやつの声は、さらに驚いたようだった。

「やはりきみだったのか。だが、どうしてここへ」

「あなたがあんな事件を起こすほど、あたしのことを思ってくれているとは知らなかったの。うれしいわ。だけど、あたしのためにこれ以上、罪を重ねないでちょうだい」

彼女は自分の言葉に酔っているような足どりで、叫びながら小屋に近づいた。私は拳銃をかまえながら、そのあとにつづいた。そして、あいつが呆然《ぼうぜん》としているところを狙《ねら》って、殺し文句をぶつけた。

「おい、うつとこの人に当るぞ。さあ、抵抗はやめて、おとなしく出てこい。悪いようにはしない」

やつの声はしばらくとだえたが、やがて苦しそうな感情をこめて答えてきた。

「うむ。こんな手を使われるとは思わなかった。だが、彼女を傷つけるわけにもいかぬ。よし、いま出て行くから、そっちもうたないでくれ」

見つめていると、小屋の戸が開き、やつがくやしそうな表情で出てきた。そして、手にしていた銃を投げ捨てた。

私はすべてがうまくいって満足だった。だれもけがをせず、私の手でやつをつかまえることができたのだ。私は部下たちを呼び、やつに手錠をかけるように命じようとした。

そいつは彼女と抱きあい、映画の一シーンのような情景を作っていた。私だって、人情がないわけではない。最後の別れをあまりせかせるほど、不粋《ぶすい》ではない。

その時、突然やつがなにか叫んだ。

「おい。おまえたち、みな拳銃を捨てて、動かないでくれ」

「なんだと」

私はわけがわからないまま、やつのほうをふりむいた。そして、そこに思いがけない事態を見いだした。いつのまにかその手にはナイフがあり、それが彼女の首すじにつきつけられている。

「拳銃を捨てろと言ってるんだ。へたに動くと、この女の首にナイフが突きささる」

「まて。それはなんの冗談だ」

「冗談なものか。おまえたちが拳銃を捨てないと、本当にやるぞ」

ナイフに少し力が加わり、彼女は悲鳴をあげた。やつらの芝居かもしれないが、万一、あいつが本気で彼女を殺しでもしたら、すべて私の責任になってしまう。

「おい、やむを得ない。みな拳銃を捨てろ」

私は拳銃を投げ、部下の二人もそれに従った。

やつは注意ぶかく彼女を盾《たて》にしながら、拳銃を拾いあつめ、自分のポケットに収めた。そして、その一つを手に構え、こんどは彼女に命令した。

「みなのベルトを外し、それで手足をしばってしまえ」

彼女も拳銃をつきつけられては逆らうこともできず、私たちはみなしばられ、地面の上にころがされた。

やつはしばり方が厳重であるかをたしかめていたが、それをたしかめ終ると、手の拳銃で女の頭をなぐりつけた。彼女も私たちのそばに倒れた。

私は聞かずにはいられなかった。

「おい、どういうつもりだ。おまえはその女に夢中になって、強盗を働いたのだろう。それをなぐりつけるとは、なんということだ」

「さっきまでとちがって、ずっと冷静になりましたよ。金があると、人間、冷静になるものです。冷静になってその女を見なおしたら、どう考えてもたいした女じゃなかったですね。あなただってそう思うでしょう」

やつはこう答えながら部下のポケットをさぐり、自動車のキーを引っぱりだした。

しばらくすると、原っぱに転がされている私たちの耳に、遠ざかってゆく自動車の音が聞こえてきた。

うらめしや

電話がかかってきた。受話器をとって、

「もしもし、どなたでしょうか」

と聞くと、

「ああ、わたしだよ」

その声で、すぐにわかった。

「ああ、叔父さんですか。ごぶさたいたしてますが、そのご、どうです。お元気ですか」

「いや、それが、どうも困ったことになって……」

「なんだか元気がありませんね」

「そうなんだ。どうしたらいいのか、わからなくなった。このままだと、世をはかなみたくなる」

「そうでしたか。それはお気の毒です。しかしそんなことぐらいで泣き言など……いや、なにがどうなったのか、まだうかがっていませんでした。いったい、どうなさったのです」

「それが、その、とても電話では説明しきれない。どうだろう。こっちへ来てはくれまいか」

「いいでしょう。今夜にでもうかがいましょう」

この叔父さんというのが、どうも困った道楽の持ち主。いまだに独身で、したいほうだいのことを……。といっても、賭《か》け事とか酒とか女のたぐいではなく、発明熱にとりつかれている。いまにどえらい物を完成してやる、というのが口癖で、わけのわからない機械をいじりまわしたり、妙な薬品をまぜ合わせたりする生活をつづけている。

しかし、なにごとが起こったのだろう。まことに楽天的な性格で、いままで、こんな電話をかけてきたことはなかった。それに、いつになく元気のない声だ。そういえば、世をはかなむ、とか言っていたようだ。ひょっとしたら、たちの悪い金貸しから金を借り、それがかさんで、連日のごとく責められているのかもしれない。

返済のあてがなく、といって、人のいいところがあるから、ふみ倒して逃げるといった器用なこともできない。となると……。

歩きながら考えているうちに、悪い方へ悪い方へと想像が発展し、いやな予感がしてくる。

思わず歩くのが早くなる。ぐずぐずしていて手おくれになったら、とりかえしがつかないことになる。電話の時にもっと力づけてあげればよかった。また、電話があってすぐに出かければよかった。

家の近くまで来たが、いつもなら灯がついているのに、それがついていない。さては、やはりまにあわなかったか。胸さわぎを押えながら玄関を入ったが、なかはまっくら、静まりかえっている。留守のはずはない。今晩やってくることは知っているはずだ。

「こんばんは」

恐る恐る声をかけると、それに答えるかのように、どこからともなく、かぼそい声。

「うらめしや……」

「あっ、とうとう。なんまいだぶ、なんまいだぶ……。なんということをなさったのです。こう早まったことをしなくてもよかったでしょうに。どうぞ、迷わず成仏《じょうぶつ》して下さい。しかし、たかがお金のことでしょう。なにも死ぬほどのことはなかったでしょう。お金のことでしたら、わたしが知りあいを回って、いくらでも借り集めてあげたのに……」

こうしゃべりつづけていると、暗いなかで、ふいに背中をぽんとたたかれた。いや、驚いたのなんの。だが、黙っていては、なにをされるかわからない。むりやり声をしぼり出し、

「なんまいだぶ、なんまいだぶ。お助け下さい。叔父さんは好きですが、いっしょに極楽へ行きたいほど慕っているわけではありません。あとからゆっくりまいりますから、叔父さんはどうぞお先に……」

「おいおい、そうあわてることはない。わたしだ。わたしはまだ死んではいない。落ち着いてくれ。金はいくらでも借り集めてくると言ったな。いずれ、よろしくたのむ」

「そういう声は叔父さん。これはどういうことなのです。ははあ、悪ふざけなのですね。電話で悲しそうな声を出し、ひとを呼んでおいて、幽霊のふりをして驚かすとは、たちの悪い冗談ですよ。しかも、金を借りてこさせる約束までさせるとは。とんでもありません。そんな約束は取消しです。こんなに叔父さんが、人が悪いとは知らなかった。早く死んでしまったほうがいい……」

「まあまあ、こっちの言うことも聞いてくれ。おまえにはすぐ、先走りするところが

ある。まず、電灯をつけるからな」

部屋が明るくなったので、顔をあげかけたが、あわてて下げた。

「いったい、これは……」

床から少し上のところに、白いもやもやしたものがある。それを追って上の方をながめると、もやもやはしだいに濃くなり、どうやら、人間の形になってゆく。とても顔を見る勇気はない。足のほうがなくて、上半身だけとなると……。

その顔に当るへんから、また陰にこもった声がした。

「うらめしや……」

「や、やっぱり幽霊だ。叔父さんも、よほどこの世に思いが残っていたのだろう。幽霊になりながら、自分でもまだ死んだことがわかっていないらしい。気の毒に。なんまいだぶ、なんまいだぶ。お金の工面もしてあげましょう。ああ、叔父さんぐらいいい人はいなかった。なんまいだぶ……」

さかんに唱えていると、うしろから叔父さんの声。

「まあ、落ち着いてくれ。死んだとなるとほめられ、生きているとなるとけなされる。おまえはひとりで忙しがっているな。わたしはこっちだ」

ふりむいてみると、そこに叔父さんが立っている。足はちゃんとあり、床にとどいている。

「やや、これはややこしいことになったぞ。幽霊が叔父さんだとすると、あなたはだれです。魂の抜けがらにしては、いやによく口を利《き》く。ひとつ、ひっぱたいてみるか」

「まあ、待て、わたしは本物だ。死んでもいない」

「なんのさわぎです。これは」

「さわいでいるのはおまえのほうだ。電話で話した困ったことというのが、これなのだ。そこにいる幽霊のことだ」

そこで、あらためて眺めてみる。

「なるほど、幽霊のようですね。ものさびしそうな顔をした女だ。手を下にむけて、すうっと立っている。しかし、驚きましたね、この世に幽霊が本当に存在するとは、とても信じられません」

「信じられないにしては、さっきのあわて方は真に迫っていた」

「静かな暗い所で、ふいに妙な声を出されれば、だれだって驚きますよ。しかし、本物の幽霊にこうお目にかかれるとはね……いままでは、幽霊とは気の迷いで見るものとばかり思っていましたが、こうはっきりしては、考えを改めなければならないようです。で、いったい、これはだれの幽霊なのですか」

「だれのでもない。しいていえば、わたしのだ」

「またわからなくなってきたぞ。生きていながら、幽霊になれるわけがないでしょう。しかも、叔父さんは男で、幽霊は女だ。規則違反ですよ。そもそも、叔父さんは幽霊を信じているのですか」

「べつに信じてもいない」

「こうなると、めちゃくちゃだ。支離滅裂、まるで筋が通らない。ははあ、幽霊を見て頭がおかしくなったか、幽霊のたたりで気がふれたかにちがいない」

「なにを言う。わたしはたしかだ。おまえはすぐ、ひとり合点して大さわぎをする。筋はちゃんと通る。いいか、これはわたしの作った幽霊なのだ」

「なるほど、なるほど。そうでしたか。そんならそうと早く言ってくれればいいのに」

「言うひまなど、なかったぞ」

「しかし、ついに人工幽霊に成功というわけですね。おめでとうございます。長いあいだの努力の結晶ということでしょう。さすがは叔父さんです。いつかはどえらいことをなさるだろうと、内心で尊敬していましたが、とうとうやりましたね」

「また、ひとりぎめをする。それがおめでたくはないのだ。人工幽霊であることはたしかだが、成功とはいえない。じつは、わたしは実験に使った薬を、そこの大きなカメの中に捨てることにしているのだが、それがいつのまにか複雑に反応して、ひとりでにできあがってしまったのだ。ある晩、カメの中から、もうろうとあらわれてきた。だから、二度と作るわけにもいかず、作り方の調べようもない。世の中に発表しても、だれも信用してくれないだろう。つまり、成功ではないのだ」

「そうでしたか。やっとわかりかけてきました。しかし、困った困ったと言うのはどういうことです。発表できないのなら、残念だと言うべきで、世をはかなむほどのこともないでしょう」

「それは困るさ。それ以来、こいつが出ずっぱりで、どうしても引っこまない」

「なにも、無理にひっこませることもないでしょう。ぶっそうな顔の男の幽霊ならべつですが、これは女。叔父さんはひとり者なんですから、退屈しのぎの話し相手にでもしたらいいではありませんか。なあ、おい」

と、幽霊に話しかけてみると、

「うらめしや……」

か細い陰気な声。

「なにがうらめしいのだ」

「うらめしや……」

「というわけだ。どう話しかけても、うらめしや、と答えるだけだ。あまりいい気分ではない。天然の幽霊ではないから、うらめしい原因がないためかもしれない。わけもなく、ただうらめしがるのだから、しまつにおえない。それに陽気ならいいが、陰気な顔つきだから、かなわない。こう陰気なようすで、そばにじっと立っていられては、こっちまで気が滅入《めい》ってくる。昼間は仕方ないとして、日が暮れたらあかりを消し、せめて夜だけでも見ないようにしているわけだ。しかし、そうそう眠れるものではない。早く寝るから早く目が覚めてしまう。朝、起きてあくびをすると、そばでうらめしや、だ。こんな朝のあいさつをされ、毎日をくりかえすのだから、どんな気分になると思う」

「困った困った、と言いたくなる気分でしょうね。しかし、出来てしまったものは仕方がない、という言葉もあるようです。世の中に存在するからには、なにか価値があってしかるべきでしょう。こき使ってみたらどうなのです」

「それもやってみた。だが、なにひとつ役に立たないのだ」

「いや、あまりこみいった仕事をやらせようとするからいけないのでしょう。簡単なことからやらせてみましょう。おい、これを片づけろ」

　そばにあった週刊誌を幽霊にむかって投げてみた。しかし、それは幽霊のからだを突き抜け、床の上に落っこちた。

「うらめしや……」

「なるほど。たしかに、うらめしやだ。これではしようがない。どうやら、力仕事は無理なようですね」

「力もなく、しゃべることといえば、うらめしやだ。まったくの、ごくつぶし……いや、食うこともないのだから、ごくつぶしとは言えないな。つまり、無用の長物なのだ」

「どうでしょう。玄関番にしたら、いいじゃありませんか。借金取りがきて、なにか言いはじめたら、うらめしや、と出る。相手は逃げて、二度と来ません。押売りとか強盗にも効果はあるでしょう。勇気のあるわたしでさえ、あれだけ驚いたのですから」

「そううまくはいかん。いやなやつの時だけ出てくれればいいのだが、そこが幽霊のあさましさだ。悲しいことに、相手の善悪の見さかいがつかない。近所の人が立ち寄ってくれた時などに出たら、ことだ。よからぬうわさがひろまってしまう。うわさとは、えてして大げさになるものだ。わたしにひそかに思いを寄せた女が、望みがかなわぬのを悲観して病死し、その思いが残って幽霊となった、などとなる」

「まんざらでもないではありませんか」

「その程度ならまだいいが、女が自殺したとなり、そののろいの結果だともなる。さらには、わたしが殺したと言い出すやつも出てくる。しかも、一人でなく、二人も三人もと……。うわさを信じない人が、わざわざ真偽をたしかめに来てくれても、こいつが、うらめしや、と現れれば打ち消しようがない。人工の幽霊だと主張すれば、もう一つ作ってみせろとなる。あれこれ考えると、一日じゅう落ち着かない。外出もできない。あとをついてこられても困るし、留守中にだれか来たらと思うと心配だ。買物にも行けない。買物は電話ですませ、玄関にそっと配達してもらうしまつだ。友人も呼べず、このままだと、こいつのおかげで、わたしもそう長いことはないかもしれない」

「そんな気の弱いことでどうするのです。及ばずながら、お手伝いしましょう。退散させることはできないまでも、黙ってすみのほうにいさせることぐらいは、できるかもしれません。ことをわけて言い聞かせてみたらどうでしょう」と幽霊にむかって
「いいか、おまえはこの世に心を残して死んだ者の幽霊ではないのだ。だから、うら

む筋合いや、つきまとう意味もないはずだ。ここの道理をよくわきまえて、察してくれてもいいではないか」

「うらめしや……」

「だめだ。では、これはどうでしょう。念仏ではだめなようですが、ほかの宗教なら効くかもしれません。かけまくもかしこき、いざなぎ、いざなみの……」

「うらめしや……」

叔父さんは口を出して、

「どうもしっくりしないようだな。むだだよ、なにをやってもだめなのだ。わたしもあらゆる方法を試みた。供え物もしたし、水をかけたり、蚊取線香もたいてみた。風で吹きとばそうとも、袋をかぶせてなかに閉じこめようともした。だが、いずれもだめだ。相手は平気で、うらめしやだ。カエルのつらに水、わたしはさじを投げた」

「手のほどこしようがありませんね」

「ああ、こうなったらもう、やけくそだ。いっそのこと……」

「そうですよ。それはいい考えです。ぜひ思いきっておやりなさい」

「なんだと、まだなにもいっていない。なんで賛成したのだ」

「いえ、名案を考えついたのかとばかり思って……」

「どんな名案だと思ったのだ」

「びくびくして、ひたかくしにしたところで、かくし切れるものではありません。それならいっそのこと逆手を取って、見世物にしたらいいかもしれませんよ」

「そうだ。それはいい考えだ。ぜひ思い切ってやることにしよう」

「なんだか、だれが考えついたのか、わからなくなってしまった。しかし、そうと決心がつけば、景気よくやりましょう」

「どんな手順で、とりかかるとするか」

「まず、もっともらしいいわれを、でっちあげましょう。番町皿屋敷の本家の看板をあげましょうか」

「しかし、そうなると、皿を数えてくれなくてはならない。だが、こいつは、うらめしやだけの、芸なし幽霊だ」

「それなら、似たような話を作りましょう。あらぬ疑いをかけられたとか、お家ご法《はっ》度《と》の不義がばれたとかで、お殿さまに手討ちにされた腰元がいいでしょう。よくある型で、単純で、うんと悲しい物語ならいいのですから。長屋のおかみさんが、かぼちゃを食いすぎて死んだとか、キツネに化かされて変な水を飲んで死んだとかでなければ、みなさん充分にご満足ですよ」

「うむ。そういうものかもしれぬ。だが、いまごろになって突然のこのこと出現したという点はどうする。なまけていたとも、忘れていたとも、冬眠していたとも言えないだろう」

「弱りましたな……。こうなった以上、図々《ずうずう》しくやりましょう。そこが、人智《じんち》を超越した幽霊と言えばいいでしょう。文句があるのなら、本人に当って聞いてくれ」

「そうするか。なにしろ、こっちには実物があるのが強味だ。だれも、まさか人工幽霊と思うやつはあるまい。さいわい、人工だとはだれにも話してない。おまえだけだ。秘密は守ってくれ」

「もちろんですとも」と幽霊にむかい「どうだ、やはり人間はちがうだろう。おまえを使って金もうけをすることにしたぞ」

「うらめしや……」

こんなわけで、まあ、なんとか相談がまとまり、善は急げで、さっそく、そのうわさをあたりにひろめた。

すると、案の定、物見高いは人の常、普通のことにはあきあきしている人が多いとみえて、どう聞き伝えたのか、つぎの朝からたちまち、押すな押すなの人の波。近所の人たちも、いやがるどころか、とくいになり、話に尾ひれをつけて自慢するしまつ。

べつに美人とも言わなかったのに、ちょっとした美人になり、すごい美人になり、ふるいつきたくなる美人になり、絶世の美人になり、はては、この世のものとも思えない美人ということになった。もっとも、幽霊ならば、この世のものではないと言える。

あわてたのは二人。まだ用意がととのっていない。研究室のような形では、しっくりしない。大急ぎで庭から柳の木を切って部屋のなかに運びこみ、机を玄関のそばに運んで、入場券売場にし、紙を小さく切って入場券を作る。いわれ因縁を紙に書いて壁にはりつけ、長々と見物されると能率が悪いから、壁をぶち抜いて一方通行にする……。

そとでは入場を待つ長い行列。

「列に割り込まないで下さい」

「いや、おれが先だ」

「第一、早く入場させないのが悪い。サービスがよくないぞ。早く入れろ」

わあわあいう人だかり。思いがけない人気に、二人は喜ぶまいことか。

「なんという繁盛《はんじょう》だ。これがみな入場料を払ってくれるのだ。世の中は、なまじっか役に立つより、徹底的になんにもできないもののほうが、大金をかせいでくれる時代になったらしい」

「大成功ですよ。しかも、わけ前をくれとごねたりもしない。それにしても惜しいですね。製法さえわかっていれば、べらぼうな金で各地に売れるでしょうに」

「まあ、いいさ。ここだけという点にねうちがある。にせものあり、ご注意とか、総本家とか断わらなくてもいいのだから」

そとの行列はふえる一方。なかには、朝早くからやってきて、待ちくたびれ、腹の空《す》いた人もある。

「ああ、腹がへった。このへんに食堂はないのか。めしだ、めしが食いたい」

「それなら、その裏のほうで、要領のいい人が食堂を開業したそうですよ。裏めし屋とか、ほら、看板を書き終ったようです」

いや、もう、大変なさわぎ、屋台も出れば、順番を売る者やら、どこで仕入れてきたのか、柳の枝に綿人形をぶらさげたみやげ物屋まで出るしまつ。なかには、酒を売り歩く者まであった。見ない前から気つけ薬を飲んでおけということらしい。飲みすぎて勢いのよくなった人は、

「やいやい、早く見せろ。けちけちするな。見せると減るのか」

などと、どんどんと戸をたたく。やがて二人はおもむろに、

「さあ、お静かに、お静かに。順序よく並んで、なるべく釣銭のいらぬよう願います。押さないで、押さないで……」

玄関をあけると、ぞろぞろと入ってくる。とたんに幽霊、このあまりのさわぎに驚いたのか、カメの底にかくれてしまった。あわてたのは二人。

「おい、たのむ。出てきてくれ、これでは約束がちがう」

なにが約束かはわからないが、ひたすら懇願。おどしたり、すかしたり。だが幽霊、ますます恐れをなしてか、カメの底に小さくへばりつく。怒ったのはお客。

「さあ、早く見せろ。いないのか。人さわがせな詐欺《さぎ》か」

「いえ、そんなわけでは……。おい、たのむよ。出てきてくれ」

幽霊は出てこず、見物人はいきり立つ、進退きわまった二人、カメのなかにむかって、泣きべそをかきながら世にも哀れな声で、

「うらめしや……」

尾行

エヌ氏は私立探偵だった。小さな事務所をかまえ、ひとりでやっていた。しかし、運営は順調といえた。そのうちもっと大きな事務所に移り、部下を何名かやといたいという計画も持っている。そうなるとますます発展するというわけだ。

空想をひろげて楽しんでいると、ドアが開き、来客があった。黒眼鏡をかけた男だった。

「どなたです。どんなご用です」

エヌ氏は聞いた。

「事情があって身分はあかせませんが、仕事を依頼したいと思いまして。うわさによると、あなたは非常に優秀な探偵だそうで……」

男の声は重々しく、意味ありげだった。しかし、ほめられたので、エヌ氏は悪い気持ちではなかった。

「いや、それほどでもありませんが、いまだかつて、お客さまの期待を裏切ったことはございいません」

「わたしの期待も裏切らないよう、お願いしたいものだ」

「もちろんですとも。で、どんな問題でしょう」

エヌ氏は椅子《いす》をすすめ、男はそれに腰をおろし、話しはじめた。

「じつは、ある人物の尾行をお願いしたい。どんな行動をするか、目を離すことなく観察しつづけてもらいたいのだ。しかも、相手にさとられぬように」

「お安いご用です。尾行でしたら、いままでに何度もやっています。やりそこなったことはありません。安心してお任せ下さい」

「それはありがたい」

「それで、調査の重点は、どんなところにおけばいいのですか」

「いや、証拠をつかむとか、素行を洗うとかいった簡単なことではない。行動のすべてを監視して、ありのままの報告をしてくれればいいのだ」

男の口調は、ますます重大そうに、ますますなぞめいてきた。それにつり込まれ、エヌ氏も声をひそめながら聞いた。

「重要な問題のようですね。しかし、尾行をつづけるのは、どれぐらいの期間なのでしょうか。長びくのなら、だれか応援をたのまないと、わたしひとりでは……」

「一週間でいい。わたしは八日後に、ここへ報告書を受取りにやってくるつもりだ」

「それでしたら、ひとりでやれます」

「では、引受けてもらえるかな」

「やれないことはありませんが……」

とエヌ氏はためらった声で答え、男はそれを聞きとがめた。

「なにか、ぐあいの悪いことでも……」

「あなたは身分も名前もおっしゃいません。支払いのほうは大丈夫なのでしょうか」

「これは失礼した。費用は前金として、まずこれだけお渡ししておく。不足分や謝礼は、その時に追加してもいい。それとも、名前をあかさぬと、引受けられないとでも……」

出された札束は、相当な厚さだった。一週間の仕事でこれだけなら、申しぶんない。

エヌ氏はそれを見てうなずき、話を進めた。

「いいでしょう。お引き受けしましょう。ところで、尾行すべき人物とは」

質問すると、男は一枚の写真を出し札束の上にのせた。ひとりの若い女性がうつっている。

「住所はその裏に書いておいた。できたら、明日からとりかかってもらいたい」

「かしこまりました。必ずやりとげます」

男はそれを聞き、喜んで帰っていった。

つぎの日から、エヌ氏はさっそくとりかかった。目標の家の近くで見張っていると、やがて写真の女が出てきた。しかし、その家はとくに豪華でもなく、また、女もそう美人とはいえなかった。大金を払ってまで、なぜ尾行しなければならないのか、ちょっと想像しにくい。しかし、これがエヌ氏の仕事なのだし、しかも、すでに大金をもらっているのだ。

女は尾行されているとも知らず、小声で歌を口ずさみ、明るい表情で歩いている。エヌ氏はひそかにあとをつけた。そして、駅へ。

女は切符を買い、列車に乗った。彼女はのんびりとした性格らしく、このような尾行は実にやさしい。

しかし、しだいにむずかしくなってきた。彼女は小さな駅で下車し、高原地帯へとむかったのだ。近よると気づかれるし、はなれると見うしなう。だが、そこは商売、エヌ氏は巧みにあとをつけ、記録をとった。

彼女は山の小さな旅館を泊りあるき、景色を楽しんででもいる様子だった。だれとも会わず、時どき風景をスケッチしている。エヌ氏は双眼鏡で遠くからのぞいてみたが、単なるスケッチにすぎなかった。三、四日すぎたが、報告書に記しようがない。

とくに不審な点など、まるでないのだ。

外国スパイの手先きといった感じもなければ、鉱山を発見しようとしているとも思えない。なぜ尾行し、監視しなければならないのだろう。

あるいは、相手が尾行を感づいて警戒し、なにげなさを装《よそお》っているのだろうか。エヌ氏はこうも考えてみたが、どうもそれらしくもない。相手に感づかれたら、長年の勘でこっちにもわかるものだ。

そして一週間がすぎた。約束の調査期間が終ったのだ。しかし問題の女性は結局、行動らしい行動を示さなかった。

仕事は終ったというものの、好奇心を押えられなくなったエヌ氏は、それとなく近づき、声をかけてみた。

「のんきなご旅行のようですね」

女は落ち着いた答えをした。

「ええ、おかげさまで、久しぶりに旅が楽しめましたわ」

「おかげさまとは、どういうことなのです。目的のない旅行なのですか」

「ええ、あたし学生ですの。気ままな旅行ができる余裕などないんですけど、ある日、喫茶店で知りあった人のおかげですわ。こんな場所で休暇をすごしていてはいけない、旅費をあげるから、好きなところへ旅行でもしてきなさい、とおっしゃるのですの」

「ふしぎな話ですね」

とエヌ氏は首をかしげ、彼女もまた、夢のようだと言わんばかりの口調で答えた。

「ええ、いまどき信じられないような、親切なかたですわ」

「どんな人だったのですか」

「お名前も、おっしゃいませんでしたわ。特徴といえば、黒眼鏡をかけていたことぐらい。ですから、お顔もよくわかりません。あ、それから、あたしの写真をとりたいとかおっしゃって、お断わりする理由もないので承知いたしましたわ。そのモデル代という意味なのかしら……」

「黒眼鏡ね……」

と、エヌ氏はつぶやいた。あるいは、自分の依頼人と同じ人物ではないだろうか。しかし、それにしても妙な話だ。金がありあまっていて、彼女には娯楽を、エヌ氏には仕事を、それぞれ道楽で提供したのだろうか。まさか、二人を結びつけるつもりでも……。

しかし、せちがらい世の中に、そんな親切な人があるとは思えない。エヌ氏はキツネにつままれたような気分で、一週間ぶりに事務所へ戻った。そして「あっ」と叫び、頭を抱えた。

室内はすっかり荒らされている。丈夫さが自慢だった金庫も、扉《とびら》があけられ、なかはからになっている。一週間は確実に留守とわかっていれば、ゆうゆうと音もたてず、金庫をこじあけることもできたわけだ。

あの黒眼鏡の男め。たしかに、世の中には親切で気前のいい人など、いるわけがない。

欲望の城

通勤のバスのなかに、なぜか私の注意をひく一人の男があった。いっしょになるのは時どきで、とくに変った外見でもない。しかし、ほかの乗客とくらべると、どことなくちがっていた。それで、ある朝、となりあわせにすわったのを機会に、こう話しかけてみた。

「よくごいっしょになりますね」

「ええ」

と彼はあいそよく答えてくれた。

「おつとめですか」

「小さな会社につとめています。昼間は仕事のことで、多くの人と言い争いをしなければならず、家に帰れば家族が多く、そのうえ給料が安くて、つまらない毎日ですよ」

その声は言葉とは反対に、なぜか明るかった。

「でも、いつも楽しそうなお顔ではありませんか。立ち入ったことをお聞きするようですが、なにか解決法をお持ちなのですか」

「夢を持っているせいかもしれません」

「けっこうですね。わたしなどは、とうの昔になくしてしまいましたよ」

私がうなずくと、彼は首をふった。

「その夢のことではありません。わたしの言ってるのは、本当の夢のことなのです」

「と、おっしゃると」

「しばらく前から、毎晩おなじ夢を見るようになったのです。手ごろな大きさの部屋のなかに、わたしだけがいる夢です。そととは完全にさえぎられ、だれもはいってはこられない部屋です。心の休まる気分です」

「珍しいことですね。しかし、さわがしい世の中から独立した、自分ひとりの城を持ちたいことは、だれでも同じでしょう。その象徴と考えれば、ありうる話かもしれませんね」

「ええ。わたしもずっと、そんな部屋を欲しいと思っていました」

「夢のなかで、その願いがみたされているわけですね」

「そのうち、家具もそろいました。デパートに並んでいて、買いたいと思っても買えなかった、すばらしい机と、やわらかい椅子《いす》がです。こうして、いまではシャンデリヤをはじめ、いろいろな電気器具、たくさんの流行の服、それを入れる洋服ダンス、本の並んだ棚などがそろっています。できるものなら、お見せしたいほどですよ」

「そうでしたか」

私は事情を知って、少しうらやましくなった。それからは顔をあわせるたびに、彼はとくいげに話しかけてきた。

「例の夢の部屋に、いい彫刻を置きましたよ。きのうの夜は、このごろ宣伝のさかんな、室内用の運動具が加わりました。こうなったら、なんでも来いです。もっとも、家具を並べ変えるのにちょっと苦労しますがね」

彼が欲しいと感じた品物は、夜になると夢のなかに、すべて現れてくるらしい。あれを買え、これを買えという、激しい宣伝攻勢に順応するために発生した、現代病の一種なのだろうか。だが、それによって欲望がみたされ、精神の平静が保たれるのなら、病気と呼んではおかしいようにも思えた。

しかし、またしばらくして会った時の彼は、なぜかぼんやりした表情をしていた。

「どうしました。元気がありませんね」

「欲しがるまいと思うのですが、そうもできません。それに、どうしても部屋のドアがあかなくて困っています。窓もですよ」

と、あまり要領をえない返事だった。

その数日後、こんどは帰りの最終バスで、さらにやつれた顔の彼といっしょになった。

「きょうはまた、おそいのですね」

「ええ、眠るのがこわいのです。このところ、ほとんど眠っていません」

彼はなんとか目をあけていようと努力しているようすだった。だが、やがてバスの揺れが、彼を眠りにさそいこんでしまった。そのとたん、私は大きな悲鳴を聞いた。ちょうど、逃げ場のない場所で、なにかに押しつぶされているような、おそろしい声の……。

昇進

平凡きわまるという言葉がある。その青年はまさに、この形容詞にぴったりだった。

彼は特に有名でなく、といって、ぜんぜん無名でもない学校を中ぐらいの成績で卒業し、会社に入社した。おそらく、入社試験の時の成績も中ぐらいだったにちがいない。

住居は都心から遠すぎもせず、また、あまり近くもない場所にある、ごく普通のアパートだった。広くも狭くもない。

青年は毎朝おなじ時間に起き、出勤する。会社につくと会計課のなかにある机にむかい、帳簿類と取り組むという仕事をする。彼はこんな生活を五年ほどつづけてきた。

あまり楽しい生活とは呼べなかった。むしろ、一種の不満のようなものを感じていた。痛みのない苦痛というものがあるとすれば、ちょうどそれだった。彼はその原因について、自分でもはっきりと知っていた。自分自身があまりにも普通、標準そのもの、平均的だからなのだ。空気と同じ比重に作られたゴム風船。空高くあがることもできず、地面に達して落ち着くこともできない。どっちつかずの状態だった。

青年のつとめている会社もまた、景気が良くも悪くもない、これといった特色のない会社だった。しかし、標準以上の人間であれば、なにかで才能を発揮することができ、昇進のコースをたどることができる。また、標準以下の人間であれば、高い望みを考えようともせず、人生とはこのようなものだと、のんびりと毎日をすごすことができる。

青年は時どき、現状に満足するようにと、自分に言いきかせてみる。だが、それを受けつける気にはなれなかった。また時には、平均以上の能力を身につけようと決心することもあったが、なにをどうしたものか、見当がつかなかった。

このような青年が、会社の帰りにバーに寄り、アルコールのたぐいを飲みたくなるのは当然と言える。しかも、彼はいつも一人でバーに行かざるをえなかった。つきあってくれる同僚が、ほとんどなかったのだ。個性のある友人と酒を飲むことは楽しい。また、どこか抜けたところのある友人とでも面白い。だが、彼のように平凡そのものの男は、だれもが誘うことを敬遠した。

青年はいつもの小さなバーに立ち寄った。そして、カウンターのはじの、いつもの席に腰をかけ、いつものようにビールを注文した。

やがて、酔いがからだに作用し、あくびともぐちとも、また、心からの叫びともため息とも聞こえる声が口から流れ出た。

「ああ。まったく面白くない」

奇妙な印象をあたりに発散する響きをおびていたが、前にいるバーテンは知らん顔をしていた。毎日のように聞かされていて、いまさら、あいづちを打つ気にはならなくなっていたのだ。

しかし、その時。となりから声をかけられた。

「どうかなさいましたか」

青年は顔をそちらにむけ、中年の男をみとめた。男は一人でウイスキーをロックで飲んでいた。退屈しのぎの話し相手に、青年を選んだようにも見うけられた。

「どうってこともないんですが……」

と、青年は答えた。とても一口に説明できるような感情ではない。だが、その男は質問をつづけてきた。

「失恋でもなさいましたか」

「失恋なら、してみたいぐらいです。第一、失恋しようにも相手になってくれる女性がありません。ぼくの顔があまりに平凡なせいでしょう。美男子であれば恋愛ができます。また、美男子でなくとも、妙なところがあれば女の子の興味をひくことができます。しかし、ぼくのように完全に平凡な顔では、どうしようもありません」

男は青年の顔をながめ、うなずいた。

「なるほど。では、上役との対立ですか。自己の意見が採用されないで……」

「ちがいます。上役に意気ごんで提案できる、独特な企画とやらが考え出せるくらいなら、変なため息などつきませんよ」

「つまり、なにもかも平穏無事というわけですな。けっこうではありませんか。女性関係のもつれ、上役との関係のこじれ。これらは人生の悩みの代表的なものです。ぜいたくを言ってはいけません」

と男は祝福する手つきで、グラスをほした。だが、青年のほうは、やけ酒をあおるような手つきでビールを飲みほした。

「その平穏無事というのが、たまらないのです。きょう、きのう、一月前、一年前。どの日を思い出しても、まったく同じです。よくテレビのコマーシャルで、オートメーション工場の紹介をやるでしょう。ぼくは、あれを見ると恐怖を感じます。ぼくの毎日は、あれと同じように生産されつづけているのだとね。しかも、それがいつまでも続くにちがいないのですから」

「その気持ちは、わからないこともありません。では、そんな現状から脱出するよう、なにか努力をなさったらいかがです」

「なにをどうしたものか、わけがわからないのですよ。不満だの、いらいら、悲哀、自嘲《じちょう》といった手におえない感情が、心のなかでラッシュアワー状態になっている。それなのに、ぼくには交通整理の能力がないのです。本質的に平凡な人間なのです。といって、犯罪をやる勇気もない。情けないほど平凡です。……おい、酒をくれ」

青年はバーテンにビールの追加をたのんだ。中年の男は両手の指を組み、なぞめいた言葉を吐いた。

「そうすると、現状から脱出するには、残された一つの方法しかありませんな」

「なんです。いい知恵でもあるのですか」

「ありますとも」

「ぜひ教えて下さい」

「幸運です」

青年は身を乗り出していたが、その答えを聞いて、がっかりしたような声を出した。

「ばかばかしい。破産して首をくくろうとしている人に、お待ちなさい、宝くじに当るかもしれませんよ、希望をお持ちなさい、とはげますようなものではありませんか」

「そう簡単に結論を出してはいけません。すぐに結論につっ走るという、現代の傾向にはあまり感心できませんな」

「しかし、よく考えてみても、同じことでしょう。幸運を作り出すことなど、不可能ですよ。それとも、あなたは悪魔か天使、あるいは超自然的な能力の持ち主で、それができるとおっしゃるのですか」

「いや、もちろんわたしは、そんなたぐいではありません。しかし、ご相談によっては、幸運を、いや、正確には幸運類似品をおわけしないこともありません。類似品といっても、本物と同様の価値で通用するものです」

「どうもよくわからないが……」

「ようするにあなたは、だれも自分をみとめてくれない現状に不満なわけでしょう。幽霊か透明人間のような自分が、面白くないのです。社内で注目をあびるようになればいいのでしょう」

「そうですとも。そうなれば申しぶんない。ひとつ、お話をくわしく聞かせて下さい」

と、青年はふたたび身を乗り出した。相手の男はバーテンに聞かれたくないといった様子で、テーブルの席に移るように提案し、それに従った。

青年は名刺を出し、あらためて自己紹介をした。だが、相手は名刺を出さず、

「わたしはSPR会社の社員です」

「SPRですって……」

と青年はまばたきをして、聞きかえした。

「Sはシークレットの略。秘密という意味です。ですから、名刺をさしあげるわけにはいきません。しかし、信用していただくために、なんなりとお聞きになって下さい」

青年はいくらか薄気味わるくなった。

「現状には不満だからといっても、ひとに迷惑をかけるようなことをしてまでも……」

「かんちがいをなさってはいけません」

「いったい、どんな方法なのです」

相手はゆっくりと説明をはじめた。

「あなたは会社で、残業か宿直をなさることがおありでしょう」

「ええ」

「その時、わたしが強盗に入ります」

「とんでもない。強盗の案内などしたら、幸運どころか、犯罪者になってしまう」

「話の途中で結論を出してはいけません。国が乱れないと、忠臣の出ようがありません。品物の販売には、まず需要の開発が必要です。幸運の導入にも、その受け入れ体制を作らなければなりません」

「なんだか格言が並びましたが、それからどうなるのです」

「わたしはあなたをおどし、金庫をこわしにかかる。あなたはすきを見てわたしに飛びつき、大格闘のあげく、わたしを追い払う、という台本です。できうれば、なるべく目撃者を作るようにいたしましょう」

青年は、はじめて笑い顔を浮かべた。

「なるほど。わかりかけてきました。そういえば、うちの取引き先の会社でもそんな事件があり、強盗を追い払った社員は、ボーナスとともに昇進をしました。それからヒントを得たアイデアですか、それとも、あれもSPR会社の仕事ですか」

「その点については、なんとも申しあげられませんが、わが社は各方面で活躍し、いずれも好評と感謝を受けています。あなただって、それによる昇進は期待なさって大丈夫です」

相手の中年男は、話しながら大きくうなずいた。しかし、青年はちょっと心配そうな表情を示した。

「昇進はありがたいが、いざ上の地位についてみて、ぼくのような平凡な男に職務が果せるかどうか……」

「気にすることはありませんよ。あなたが今まで平凡だったのは、存在をみとめられなかったからです。現代では、存在をみとめられるのが第一です。そうなると、生きがいが出て、いい考えが出るものです。われ存在す、ゆえにわれ思考す、という時代ですから」

「そういえばそうだが、はたしてうまく行くのだろうか」

「信用と伝統を誇るわが社です。もっとも、時代の要請でうまれた会社ですから、伝統の点ではそう大きなことは言えませんが、手ぬかりはありません。それに、損害はだれにもかからないではありませんか。もっとも、金庫、机、窓ガラスなど少しは傷つきますが、それくらいは仕方ないでしょう。会社も盗難を防げて喜び、あなたはみなに認められ、わたしも利益になる。いいことずくめではありませんか」

「あなたの利益とおっしゃると……」

と、青年は聞きとがめた。

「営業ですから、わたしもただでは困ります。その際に出る特別ボーナスを全部、こちらにお渡し下さい。もし会社がけちで、出なかった場合は、わたしも運が悪かったとあきらめましょう」

「しかし……」

と青年は心をきめかねる様子を示した。相手は解説をつづけた。

「あなたは少なくとも、なにも損はなさらないでしょう。それに平凡な現状から脱け出せ、おそらく昇進できるでしょう。ＰＲの費用としては、あまり高くありませんよ。あるいは、あとまでつきまとわれるのではないかと、お考えなのかもしれませんが、その、ご心配はいりません。そんなことをしては、わたしたちの今後の信用にかかわります」

「いや、心配なのはそこではない。ぼくが手引きしたのはいいが、その場で本当の強盗になられたら、困ったことになるからな」

「そこはおたがいの信用です。その点については、わたしだって同じですよ。あなたが同僚に注意し、本気でわたしをつかまえる気になったら困ります。わたしはあなたがこの機会を逃がさず、またそんな性格ではないと信用したからこそ、この話を持ちかけたのですから」

と相手は言ったが、青年はまだいくらか気になった。

「本当に大丈夫だろうな」

「大丈夫ですとも。本気で強盗をやる気なら、わたしたちはあなたに話さず押入っていますし、成功する実力も持っています。しかし、現代では、悪と暴力は時代おくれです。社会や個人の未開拓の分野に刺激を与え、それによって世の中に活気を与える。このように実力を正しく活用するのが、わが社の方針です」

相手の男は演説めいた口調になった。青年はいくらか気分をほぐした。

「なるほど。ちかごろは思いがけない方面で、思いがけない事業がはじめられているというが、こんな話は想像もしなかった」

「強盗をする実力があっても、いつかはつかまり、犯罪が引きあわないのは統計的にはっきりしています。それに、罪の意識で苦しみ、精神衛生にも悪く、長生きはできません。それより、あなたのような青年たちに自信を与え、将来の活躍をながめるほうがはるかに意義があります」

「お話はよくわかりました」

「で、どうなさいます。べつに無理におすすめしているわけではありません。お気が進まないのでしたら、いまの話はお忘れになって下さい」

青年は目をつぶり、しばらく考えた。これを断わったらどうなるだろうか。オートメーションの機械が頭に浮かんできた。コンベアーで吐き出される同じ型の製品の列。きょうまで続いてきた、自分の過去の日々。そして、あしたからまた永久に続く、なにもかも同じような日々。

青年は目を開いて、はっきりと言った。

「お願いすることにしましょう」

相手の男はバーテンに合図し、ブランデーを二つ注文した。

「では、乾杯。ところで、くわしい打ち合せですが……」

数日後。その青年は残業をした。会計課では彼ひとりだったが、隣室の総務課でも同僚のひとりが残業をしていた。

静かな夜の部屋のなかで、青年は意味もなく帳簿を開き、興奮しながら時計をながめていた。はたして、このあいだの相手は来るのだろうか。

しかし、ここまできたら、もはや中止するわけにはいかない。ルーレットは回りはじめたのだ。成果を待つ以外に、どうしようもない。

その時、となりの部屋で激しい物音がした。青年が緊張し待ちかまえていると、ドアが開き、黒い眼鏡の男が入ってきた。

「おい。おとなしくしろ。さもないと、この銃が叫び声をあげる。となりの部屋にいたやつをおどしたら、金庫はここだと言っていた。それだけ聞けば用はないから、手足をしばって転がしてきた」

　相手は大声をあげた。その声はこのあいだバーで会った男の声にちがいなかった。

　青年が話しかけようとすると、相手は拳銃《けんじゅう》で制して、小声で言った。

「となりの男は手足をしばって、さるぐつわをしてある。だが、耳は聞こえるぞ。変なことを叫んで怪しまれたら、なにもかも水の泡《あわ》になる」

「わかっている。だが、その拳銃をしまってくれ。あまりいい気持ちではない」

「これは本物ではない。精巧な模型だ。だが、いずれにしろここでは不必要だな」

　小声で話しながら、相手は拳銃をポケットにしまった。そして、ふたたび大声をあげた。

「さあ、金の入っている金庫を教えろ」

「なんだと。泥棒に渡す物など、一つもない」

　青年も負けずに叫んだ。隣室の同僚は、さぞ尊敬の念を持って、この声を聞いていることだろう。

「教えないつもりか」

「当り前だ。断わる」

「断わるのは自由だ。しかし、こっちにも自由がある。拳銃の引金をひくという自由がな。よく考えてみろ」

二人は大声でどなりあった。やがて、相手の合図で、青年は打ち合せた会話をつづけた。

「まあ待ってくれ」

「待つのはいいが、ゆっくりはしていられない。それに、結論はきまっている。まさか、死んでもいいつもりではあるまい」

「わかった。教えることにする」

「どの金庫だ」

「それだ。そこのダイヤル式のやつだ」

「よし。あけろ」

「番号を知らない」

二人は叫びあい、声の演技をつづけた。相手は小声で青年に話しかけた。

「いいか。ここで顔をひっぱたく。痛くてもがまんしてくれ。真に迫ったことをしないと、効果が少ない」

「仕方ない。お手やわらかにたのむ」

だが、相手は力一杯ひっぱたいてきた。青年は思わず叫び声をあげた。

「うむ。痛い」しかし、すぐに演技の声に戻って「知らないものは知らない。あけ方を知っているのは、課長だけだ」

「もう一度なぐるぞ」

「何度なぐられても、骨を折られても、知らないものは知らない」

「そうか。どうも本当に知らないようだな。よし、それなら自分であける。おまえはそこの壁に立っていろ。少しでも動いたら、拳銃が弾丸をプレゼントするぞ」

相手の男はポケットから小型のドリルを出し、金庫のダイヤルに手を当てて回しはじめた。金属のくずが床に散り、穴はしだいに深くなっていった。いかにもなれた手つきだった。青年が感心してながめていると、相手の男がささやいてきた。

「さあ、活劇に移ろう。その椅子《いす》でも振りまわせ」

「ああ」

青年はそばの椅子をふりあげ、机にたたきつけた。木製の椅子はばらばらにこわれた。相手もわめきながら、机の上の電話機、灰皿などを壁に投げつけた。爽快《そうかい》な遊びといった気分がないでもなかった。

やがて、相手は椅子をつかんで窓ガラスを割り、そこから外へ飛び出した。

「待て、逃げるのか」

青年もつづいて、窓から追った。窓の下の暗がりまで追い、そこで芝居は終了した。

相手の男は笑いながら、

「どうです。約束は守ったでしょう。一夜あければ、あなたは社内の英雄です。夢のようではありませんか」

「ああ、いろいろとお世話になった」

「お礼の送金先は、いずれ連絡をいたします。では……」

と言いながら、SPR社の男は闇《やみ》のなかを遠ざかっていった。

青年はそれを見守り、ふたたび部屋に戻った。八百長《やおちょう》のあとが残っているかどうかと、あらためてながめてみたが、べつに問題はないようだった。そして、ふと思いついて金庫の扉を引いてみた。

扉は開いた。悪についての実力はあると言っていただけあって、さすがに堂に入っている。青年は感心しながらなかをのぞき、しばらくはまばたきをしなかった。

いくつもの札束。目をそらすことができなかった。昇進をしたところで、これだけの札束を手にすることは二度とあるまい。彼はからだがむずむずしてきた。

欲望と戦い、頭を働かせ、やがて平凡な結論に達した。全部を持ち出しては問題が大きくなりすぎる。といっていまの男に責任を押しつけられるのに、この機会を逃がすのもどうかしている。そして、彼は札束のいくつかを出し、古い書類の間にかくした。彼は自分の指紋をふきとり、となりの部屋に行った。

そこには、総務課の同僚がしばられていた。青年はさるぐつわを外し、手足をほどいてやりながら、

「しっかりしろ。強盗は追い払った」

「ありがとう。一時はどうなるかと、気が気ではなかった」

同僚はほっとした声で感謝した。

「けがはなかったか」

「大丈夫だ。それより、きみは大変だったたな。顔がそんなにはれている。様子はすべて、壁ごしに聞いていた。きみがあんなに勇敢な男とは知らなかった。見なおしたよ」

「いや人間はいざとなると、思わず張り切るものさ」

と、青年は内心にやにやしながら、気持ちよく謙遜《けんそん》してみせた。

「そんなことはない。勇気がないと、ああはできないよ。こっちは情けないことに、言うがままにしばられてしまった。ひとつ、戦いのあとを見せてくれ」

と言う同僚を、青年は会計課の部屋に案内した。

「やつはここで拳銃をつきつけた。ぼくがなぐられたのはここだ。それから、ぼくをここに立たせ、金庫をあけにかかった。やつが扉をあけ、札束をポケットに入れはじめた時、すきができた。そこで、ぼくは飛びかかり、大格闘となり、やつは窓から逃げていった。つかまえそこなったのが残念だ」

「残念がることはないよ。会社の損害を最小限に食いとめたのだから」

同僚は尊敬の表情をつづけていた。

すべては順調だった。つぎの朝、ほかの社員たちの視線を、快く背中に感じながら、青年は社長室に入った。

「まあ、かけたまえ」

青年は胸を張り、椅子にかけた。社長は、

「昨夜、きみが残業している時、強盗が入ったという報告だが……」

「はい。せいいっぱい争いましたが、つかまえそこなってしまいました」

「そのことは、総務課の者から聞いた。で、昨夜のきみの活躍についてだが……」

「はあ」

「これを渡すことにする」

青年は心から、興奮の叫びをあげた。そして、辞令の用紙を受けとった。

「ありがとうございます」

「ありがたいって、なにがうれしいんだね」

社長は顔をしかめながら言い、青年はわけがわからず、とまどった口調で聞きかえした。

「喜んではいけないのでしょうか」

「その辞令を読んでみたまえ」

彼が目を移すと、そこには退職を命ずるという文字があった。

「なにかの冗談でございますか。強盗と格闘したわたしが、社をやめさせられるとは」

「金庫のなかの金額があわないのだ」

「それは強盗による被害です。わたしの責任ではないと思いますが」

「あの強盗が金を盗むはずがない。あれは信用のある、ＳＰＲ会社の者だ」

青年は思わず驚きの言葉をもらした。

「え、どうしてその会社の名を……」

「わが社は平凡で、これといった特色がない。これでは、将来が心配だ。世の中に存在を認めさせねばならない。そこで、ＳＰＲ会社に相談をしたのだ。連中は社員の昇進についての試験をうけおってくれた。いま、いろいろな方法で全社員を試みている」

「そうだったのですか。わたしは落第というわけですね」

青年は立ちあがる気力もなく、つぶやいた。社長はあわれむような目つきで彼を見つめ、

「持ち出した札束は、退職金がわりに渡す。もっとも、本物は上と下だけで、あとはただの紙切れだがね。それにしても、同じ持ち出すなら、なぜ全部持ち出さなかった。それだけの度胸があれば、べつの意味で合格になったのに。あれっぽっちとは、あまりにも平凡すぎる……」

よごれている本

ちょうど天井と床のまんなかぐらいの高さ。そこに眼がひとつ浮かびでてきた。それは空中をただようように、ゆっくりと揺れつづけながら、丸くなったり、細長くなったりしていた。妙になれなれしく、また意味ありげな色をたたえていて、ウインクをしているようにも思えた。

エヌ氏はそれを見つめ、またたきをくりかえしていたが、

「や。すると、この本は本物だったのだな」

とつぶやき、手にした本をあらためて見なおした。その本はあまり厚くない、古びた大判の本だった。彼がこの本を買ったのは、二日ほど前の夕方、ある古本屋からであった。

「なにか変った本はないかね」

と聞いたエヌ氏に、店の主人は一冊の横文字の本を取り出してきて、こう言ったのだ。

「どうでしょう、こんな本は。もちろんわたしには読めませんが、どうも珍しいもののような気がしてなりません」

たしかにその本は、どことなく異様なムードを発散していた。エヌ氏がそれをのぞきこんでみると、その言葉は彼の専門であるラテン語だった。

「なになに。うむ、これは魔法の本のようだ。とすると、ばかばかしい内容だろう」

エヌ氏の言ったことに対して、主人は不満そうなようすだった。

「はあ、魔法の本はばかげていますか」

「そうとも。ところで、どこで仕入れたのだ」

「じつを言いますと、しばらく前にくず屋が置いていったものです。払い下げてもらったなかに、これがまざっていたそうです。目方で処分するより、いくらか高ければいい、というので、わたしもなんの本かわかりませんが、安く買いとったというわけです。しかし、魔法の本となると、もうけものではありませんか」

「そこだよ、おかしいところは」

「どこでしょうか」

「第一に、魔法などというものが、あるかどうか疑わしい。第二に、もしあるとすれば、くず屋などに払い下げるはずがない。いずれにしろ、いいかげんなものにきまっている」

「はあ、そう言われれば、そういうことになりますな」

いささかがっかりした主人に、エヌ氏は言った。

「しかし、いいかげんとわかっていても、わたしには少し興味がある。買うことにしよう」

かくしてエヌ氏は、その本を安く手に入れた。だが、その時はエヌ氏も本物とは思っていなかった。だから、一人ぐらしのアパートの部屋に帰ってからも、その晩は机の上にほうり出しておいたのだった。

二日ばかりたって、エヌ氏はなにげなくその本を開いてみた。そして、あることに気がついた。本が多くの人の手をへてきたように、よごれているのにもかかわらず、ページが破れているなど、いたんだ部分がないのである。彼は興味を抱き、ページのはじをつまんで引っぱってみた。だが、破れはしなかった。そこで、力をさらに加えてみた。やはり破れはしなかった。

いったい、なんでできているのだろう。光にすかしてみたり、指先でこすってみたりしたが、その紙質はわからなかった。彼は注意しながら、ライターの炎を近づけてみた。しかし、いっこうに燃えあがりもしなかった。

「なるほど。ふしぎなことだ。もしかすると、あるいは……」

エヌ氏は椅子《いす》にすわりなおし、その本のはじめのほうを読み、ためしにその本の示す通りにやってみた。太目の麻糸を結んで床のうえに輪をつくり、はじめの文句を唱えてみたというわけ。

するとそれに応じるかのように、眼がひとつ、空中に浮かびでたのだ。

「や。すると、この本は本物だったのだな。面白いことになってきたぞ」

エヌ氏でなくとも、魔法以外の現象とは思わないだろうし、また、エヌ氏でなくとも、ここでやめてしまう気にはなれない。彼は先をつづけようとした。だが、これ以上つづけるには、いろいろと必要なものがあった。エヌ氏は外出し、それを集めてもどってきた。

赤いバラの花粉。黒いアゲハチョウの羽の粉。紫水晶ひとかけら。白ネズミの尾を干したもの。そのほか本の指示するものを集めて、それらをこまかく砕き、まぜあわせ、麻糸の輪のなかにまきちらしてみた。

粉が床に散り落ちるにつれ、雲が晴れてなかから山があらわれてくるような感じで、そこになにものかの姿が、形をととのえながらできあがっていった。眼が二つになり、そのまわりに顔が、さらに首、胴、手足とそろっていった。

エヌ氏は見あげ、見おろした。それは人の姿に似ていたが、どことなく感じがちがっていた。皮膚の色が紫がかっているほかに、なにもかもとがっているのである。目じりはとがってつりあがり気味で、耳もとがって大きく、耳のうえにも、頭からとがったものがでていた。角《つの》なのであろうか。そのほか、鼻の先も、ひじも、指も指先のつめも、鋭くさけた口のなかにある銀色の歯も、うしろにでているしっぽのさきも、すべての部分がとがっていた。

「なるほど。これが悪魔というものにちがいない」

エヌ氏は以前に見たことのある絵を思い出し、うなずいた。輪のなかの相手もうなずきながら、笑った。それは笑いなのであろう、人なつっこいような、奇妙な表情と動作だった。

エヌ氏はラテン語でゆっくりと話しかけてみた。

「おまえはこんな所に出てきて、なにをするつもりなのだ」

「わたしのあらわれたわけはですね……」

あとはよくわからなかった。むずかしい言葉が使われたからでなく、声が細くなって、聞きとりにくくなったのだ。

「なんだと」

エヌ氏は聞きかえしてみたが、かんじんな部分にくると、どうも声が小さくなる。エヌ氏は思わず耳を相手に近づけた。それにつれ、耳ばかりでなく、足のほうも輪のなかにふみ込んでいた。

「……魔王のための犠牲《いけにえ》を集めてまわっているのです」

こう聞きとれた時には、すべてが手おくれとなっていた。とがった指先の、とがったつめがエヌ氏のからだに食いこみ、はなさなかったのだ。

「はなせ。痛い」

「だめですよ。せっかくつかまえたのですからね」

いかにもがいてもだめだった。やがてエヌ氏も、悪魔のほうも、その姿はしだいに薄くなり、ついには消えうせた。


何日かすぎ、部屋代を集めにきたアパートの管理人は、首をかしげながらつぶやいた。

「越してしまったのだろうか。このところ姿を見かけないが。引っ越すのなら、そう断わってくれればいいのに」

そして、部屋を掃除し、品物を片づけ、べつな人に貸した。エヌ氏の荷物はしばらく管理人があずかっていたが、いつまで待っても取りにこないので、とどこおっていた部屋代の足しにすべく、くず屋の手に渡された。あの本とともに……。

ある商売

あれこれ考えたあげく、エム氏は労せずして金のもうかる事業を思いつき、それを実行に移した。もちろん、まともな商売ではない。合法的で、そんなうまい話など、あるわけがないだろう。

小さな事務所をかまえ、夕方ちかく、そこに出勤する。

「さて。きょうは、お客さんがあるだろうか」

ひとりでつぶやいた時、ドアにノックの音がした。

「どうぞ」

と応じると、見知らぬ男が警戒するような表情で、なかをのぞきこんでいる。お客さんらしい。それを確認するためエム氏は呼びかけてみた。

「熱帯魚の押売りでしたら、いまは、まにあっていますよ」

「いえ。ちょっと、トイレをお借りしようと思いまして」

と男は答えた。エム氏はにっこりし、そばの椅子《いす》をすすめ、あいそのいい口調でしゃべりはじめた。

「合言葉はその通り。よくいらっしゃいました。どうぞ、おかけ下さい。わたしにおまかせになれば、ご安心ですよ」

エム氏の仕事は、アリバイ業だった。だれかが犯罪をおこなう場合に、その時間にはこの場所で、ずっといっしょにいたという証人になってやるのだ。そして、料金をもらう。

宣伝するわけにいかず、お客がはたして集るかどうかが問題だった。だが、はじめてみると、利用者のほうから熱心に聞き伝え、やって来てくれる。けっこう採算がとれるのだった。

男は心配そうにいった。

「本当に、うまくやっていただけるのでしょうか」

「そこは信用ですよ。いいかげんだったら、このように営業をつづけてはいられないでしょう」

「それはそうですが……」

「これから電話をかけ、仲間を二人ほど呼びます。あなたといっしょに、朝までここで、トランプをやりつづけていたということにします。みな約束は守りますから、大丈夫ですよ。わたしどもの証言で無罪になった人は大ぜいいますが、わたしどもの裏切りで有罪になった前例はないはずです」

　この説明を聞いて、男は少しなっとくした。

「で、料金のお支払いは、どうしたらいいのでしょう」

「いま、半金をいただきます。あとの半分は、帰りにお寄りになってお払い下さい」

「帰りにも、ここへ寄らなければならないのですか」

「そうです。たとえば、この近所でその時間に火事でもあったら、あなたも知っておいたほうがいいでしょう。また、あなたのやり方が下手で、現行犯でつかまる場合も考えられます。これには手のつけようがありません。契約は解消ということになります。しかし、証拠物件を残さなければ、あとはもう、びくびくなさる必要はございません」

「犯罪の内容で、料金に差はつかないのですか」

「かかった時間によってちがうだけです。殺人だろうが、ビル荒しだろうが、同じになっています。お好みの犯罪を、ご自由におやり下さい。それに、あまりくわしくお聞きするわけにもいかないでしょう。あなただって、それをたねに恐喝《きょうかつ》されるのではないかと気になるでしょう。わたしはあくまで、お客さまの立場に立ち、ご協力するというのが方針なのです」

「わかりました。では、半金。よろしくお願いいたします。午前三時ごろ、またお寄りしますから」

「それでは、ご成功を祈っております」

エム氏に送られ、男は元気に出ていった。エム氏は二人の仲間を呼び、トランプをはじめた。だが、なにもやりつづけている必要はない。トランプにあきれば、酒を飲みながら雑談をしていても、テレビをながめていてもいい。

のんびりと時間をつぶし、お客の帰りを待てばいいのだ。世の中に、こんな楽な仕事はないだろう。退屈を感じることもあるが、それはぜいたくというべきだ。

やがて夜もふけ、予定の時間になったころ、さっきの男が戻ってきた。うれしそうな顔だし、カバンもふくらんでいる。成功だったらしい。けっこうなことだ。

エム氏は二人の仲間を紹介した。それから、作っておいたトランプの成績のメモを渡した。

「これがあなたの点です。あとで必要になるかもしれませんから、覚えておいて下さい」

「サービスが行き届いていますね。では、あとの半金をお払いします。万一の時には証人となって下さいよ」

「おっしゃるまでもありません。で、うまく成功なさいましたか。なにか手がかりになるようなものを、残してきたりはしなかったでしょうね」

「もちろん、指紋ひとつ残しません。完全な計画を立てたのですから。ゆうゆう忍びこんで、金庫をこじあけ、大金を手に入れました。おかげさまです」

「それは、おめでとうございます。しかし、そう頭をお下げになることもありません。これがわたしの営業なのですから。また、なにかなさる時には、ぜひご利用下さい」

エム氏は男を送り出した。彼は仲間に分け前を払い、朝の一番電車で帰宅する。

そして、アパートに帰り、夕方までゆっくりと眠ればいいわけだ。しかし、その日は眠るどころではなかった。帰ってみると、部屋のなかは荒らされ、金庫はこじあけられ、いままでもうけた大金が、すっかり盗まれてしまっていたのだから。

逃走の道

夜おそい時刻。駅の構内の物かげに、二人の男が身をひそめていた。静かな照明が何本ものレールの上に降りそそいでいる。

「これからどうするのです」

と、若いほうの男が小声で言い、年配のほうの男が答えた。

「いま動いては危い。もうちょっと待て。最終列車が出てしまえば、駅には人影がなくなる。それから逃げたほうがいい」

彼らは少しまえ、駅の商店街の貴金属店に忍びこみ、現金や商品を手に入れることに成功した。相当な金額だった。それから、人目につくことなく、ここにかくれることができたのだった。

「早く気楽に落ち着きたい」

「そうあわてるな。証拠となるようなものは残してない。家に戻ってこの商品さえかくせば、大丈夫だ」

二人はささやきあい、時のたつのを待った。

その時。遠くで人声がした。

「おおい。そっちのようすはどうだ」

それに対し、べつな方角で声が答えた。

「異状なしだ。だが、もう一回、なおよく調べてみよう」

これを聞いて、二人は青ざめた顔を見つめあった。

「なんでしょう。もしかしたら、犯行がばれたのじゃないでしょうか」

「そうかもしれない。そして、警官や駅員たちが、構内をしらみつぶしにさがしはじめたのかもしれない。この調子だと、いずれはここまでやって来るだろう」

「どうしましょう。場所を変えても、いずれは見つかってしまいます」

「よし。あのなかにかくれよう」

いくらか離れたところに、新しい列車がとまっていた。さいわいにドアがあいていた。二人はそのなかに駆けこんだ。入ってすぐのところにトイレがあり、あたふたとそこに飛びこんだのだ。大急ぎでカギをかけようとする若い男を、年配のほうが制した。

「それはいかん。使用中にしておくと、かえって怪しまれる。カギはかけるな」

「しかし、このままでは心配です。あけられたら終りですよ」

「それでは、あかないように手で押えていろ。ドアの故障と思ってあきらめるだろう。もし、むりにあけようとしたら、なかへ引っぱりこんでなぐり、気を失わせるしかない」

「うまくいくでしょうか」

「それぐらいの冒険は仕方ない。なにもかもうまく進行するのなら、泥棒のなりてがもっとふえているはずだ」

二人は緊張して待ちかまえていたが、ドアをそとからあけようとするけはいは起こらなかった。しかし、そのかわりに列車が動き出したのだった。

「あ、発車したようです。どこへ行くのでしょう」

「操車場だろう。そうなったらつごうがいいぞ。みつかることなく、犯行現場から脱出できるのだから」

まもなく列車はとまった。だが、窓の曇りガラスが明るすぎる感じから、操車場ではなさそうだった。駅のホームのように思えた。とすると、ここで出ては危い。二人はトイレのなかで息をひそめ、もう少し様子をうかがうことにした。

しかし、列車はふたたび動きはじめた。速力もしだいにあがってくるようだった。

「また動きはじめました。これが終列車だったのでしょうか」

年配のほうが腕時計をのぞいた。

「終列車はもう出てしまったはずだ。あるいは臨時列車かもしれない」

「いずれにせよ、そのうち検札がやってくるでしょう。怪しまれてしまいます」

「このままかくれていて、つぎの駅で下車することにしよう。まさか、検札もすぐにはこないだろう」

二人はつぎの駅を待った。だが、列車はなかなか止まりそうになかった。また、走る音や速力などから、これが超特急の列車らしいと判断がついた。

「となると、当分は停車しそうにありません。ちょっと、ようすをうかがってみましょう」

「注意して、気づかれないようにしろ」

彼らはトイレのドアをそっとあけ、あたりに人影がないのをたしかめ、つぎに客車内へのドアを細目にあけてのぞきこんだ。乗客はまばらだった。そして、みな前をむいてすわっているため、二人は視線をあびなくてすんだ。

二人は車室の最後部の座席に、並んで腰をおろした。窓のそとでは夜の闇《やみ》のなかを、遠い灯が流れるように後方へ走り去っている。

「こんなにすいていて、なぜ臨時列車を出したのでしょう」

「わからん。なにかのつごうで、発車がおくれたのかもしれない」

彼らはきわめて小さな声でささやきあった。

「それにしても、なんとなく妙な気分になりませんか。どことなく異様です」

「ああ、おれもさっきから、それが気になっていた。そして、やっとその原因がわかった」

「なんです。早く言って下さい」

「静かすぎるんだ。まばらとはいえ、乗客のだれもが話し声ひとつたてない。また、よく見ると身動きもしていない」

若いほうの男は、ふるえ声を出した。

「夜行列車なのですから、みな眠っているのでしょう」

「しかし、だれもがそろいもそろって、いびきもかかず、身動きひとつしないで眠ることがあるだろうか」

「まさか、幽霊列車……」

若いほうの男は声をはりあげかけたが、すぐに制せられた。

「声をたてるな。まず、もっとありうる場合を考えてみよう。あるいは換気装置の故障かなにかで、空気が流通せず、それで気を失っているのかもしれない」

「しかし、こんなに少ない乗客ですよ。それに、われわれは大丈夫じゃありませんか。食中毒のほうが可能性があります。車内販売の食べ物が原因でしょう。早く車掌に知らせるべきでしょうか。手当てをすればまにあうでしょう」

「そうかもしれない。となると、そのさわぎのどさくさにまぎれて、うまく逃げ出せるかもしれないな。しかし、食中毒なら、苦しんで倒れている者があっていいはずだ。あまりにも行儀がよすぎる」

いくら考えても、なっとくできる説明は得られなかった。二人ともしばらく黙った。だが、深夜を走る超特急。身動きも、物音もたてない乗客たち。この薄気味悪さには、長くがまんできそうになかった。車内には、生気というものが感じられないのだ。さっき打ち消した、幽霊列車という言葉が、頭のなかでふたたび大きくなりはじめた。

「おまえはそれとなく歩いて、どういうわけなのか、たしかめてこい」

「しかし、気が進みません」

「こわがっている場合ではない。さあ、早く行ってこい」

若いほうの男は、しぶしぶ立ちあがり、通路を前に歩いた。そして、忘れ物を思い出したようなしぐさで振りむいた。

だが、そのとたん、彼は目を見開き、大声をあげた。

「なんということだ。早く来て下さい」

年配のほうの男も、ただならぬその叫びに席を立って、乗客を前からながめた。

「なるほど、動かないのも当然だ。どれもこれも人形だったのだから」

「なんのために、こうなっているのでしょう」

「わからん」

まったく理解できない現象だった。さっきまでの超自然的な恐怖にかわって、別種な不安がわいてきた。人はだれでも目的のわからぬ行為に直面すると、えたいのしれぬいらだたしさを覚えるものだ。

「よし、べつな車両をのぞいてみよう」

だが、どこへ行っても同じだった。巧妙に作られた人形たちが、まばらに座席を占めているばかり。その目は人間の視線以上に無気味だった。車掌室をあけてみると、そこにも物いわぬ人形が立っていた。

二人は客室の棚にのせてある鞄《かばん》のひとつをおろしてみた。なかには普通の旅行用具や下着などが入っている。いずれも新品ばかりだった。いくつかの鞄を調べたが、あまり大差はなかった。

「いったい、この人形たちが列車を買い切って旅行をはじめるなど、考えられますか」

「まさか。ありえないことだ」

そのありえないことが、現実に目の前に展開しているのだ。ビュッフェに入ると、酒のたぐいが置かれてあった。二人はそれをグラスにつぎ、口に運んだ。幻の酒ではない証拠に、いくらか酔いがまわってきた。

だが、不安は高まるばかり。そなえつけの電話機をみつけ、受話器を手にした。つかまることを覚悟してでも、この原因を知りたくなったのだ。こんな悪夢のような状態にいるのは、一刻もたえられない気分だった。しかし、電話は不通だった。

列車は相変らず走りつづけている。相当な距離を走ったらしいのに、停車するけはいもない。むしろ、速力をあげているようだ。

「どこまで走るのでしょう。このまま永久に走りつづけるのじゃないでしょうか」

「ばかな、そんな列車のあるわけがない。そうだ。最前部へ行ってみよう。そこには運転士がいるだろう。聞けば事情がわかるかもしれない」

彼らは最前部の車両まで歩いた。だが、ドアをいくらたたき、大声で呼んでも返事はない。

「だめだ。運転士もいないらしい。この超特急は中央の指令所からの遠隔操縦ができるようになっているし、自動的に進行することもできるそうだ。運転士が人形であっても、ふしぎではない」

「それにしても、なぜこんなことを……」

二人にとってなぞは依然としてとけなかった。興奮した声で、

「だれかいないか。とめてくれ、たのむ」

と叫んでもみたが、どの人形も答えなかった。叫び疲れ、彼らはぼんやりと通路を歩きながらつぶやくのだった。

「いつになったらとまるのだろう」

しかし列車は、いっこうにとまりそうになかった。それどころか、気のせいか、さらに速力があがったようにさえ思えた。

「そろそろ、停車に移ります……」

指令所の複雑な装置のそばで、技師が関係者たちに説明した。

「……現在、超特急は出しうる最高速度で走っております。それを急停車させるのです。万一の事故の研究をするため、その場合どれくらいの被害がおこるかの試験なの

です。もちろん、危険すぎて人間は使えません。軽くても、頭をぶつけて、気を失うようなことにもなりましょう。ですから、かわりに人形を乗せてあります。そのこわれかたを調査し、改良の資料とするわけです。では……」

クリスマス・イブの出来事

クリスマス・イブの夜おそく、その家の主人はふと目をさました。どこかで物音がしたのを聞いたからだ。耳をすますと、人が動きまわっているようなけはい。

彼は別室で眠っている妻子のことが心配になった。そっと起きあがり、懐中電灯と猟銃を手にし、音のした方角へと近づいた。そして人影を発見し、声をかけた。

「動くな。動くとうつぞ」

相手はのんびりした声で応じた。

「なんでしょうか。わたしのことですか」

「なんでしょうかとは、なんだ。夜、無断でひとの家に入りこんで、なにをしている」

「ごらんの通りです」

「見たところとなると、泥棒だな」

「とんでもない。ちがいますよ」

「ほかに考えられないではないか。第一、その変な服はなんだ」

赤い服と赤ずきん、白く長いひげと長靴《ながぐつ》。サンタクロースのかっこうだった。

「いけませんか。これがわたしの服装なのですから、仕方がないでしょう」

「いったい、おまえはだれだ」

「サンタクロースです」

「そんなことはわかっている。名前を聞いているのだ」

「ですから、サンタクロースですよ」

「どうしても答えない気だな。なにも無理に聞く必要はない。あとは警察がやってくれるだろう」

主人は大声をあげた。それを聞きつけ、男の子が起きてきて叫んだ。

「わあ、すごいな、パパ。強盗をつかまえたんだね。わざと赤い服で人目をひき、人相への注意をそらそうとしているんだ。きっと悪がしこいやつだから、気をつけなくちゃだめだ。まず足に一発ぶちこんで、逃げないようにしたほうがいいかもしれないよ」

主人は興奮してさわぐ男の子に言いつけ、警察へ電話をさせた。まもなくサイレンの響きとともにパトロールカーが到着し、老人を引き立てていった。

警察ではただちに取調べを開始した。

「さあ、おとなしく白状してくれ。年末で忙しい時だ。迷い子、酔っぱらい、スリ、交通事故、金銭のごたごた。手がたりなくて弱っている。協力的なら、悪いようにはしない。おまえはサンタクロースとしてやとわれたが、今夜で失職となる。そこで、正月を迎える資金かせぎが目的で、忍び込んだのだろう」

「ちがいます。わたしが盗みなどをやるわけがないでしょう」

「どういう意味だ」

「わたしはサンタクロースですよ」

「いいかげんにしてくれ。ただ冗談で侵入したというのか。きょうは十二月二十四日で、四月一日ではないのだぞ。さあ、名前と住所を答えろ」

「サンタクロースです」

警官は顔をしかめ、ちょっと考えてから、思いついたように言った。

「ははあ、酔っているな。息を吐いてみろ」

サンタクロースはそれに従った。だが、酒くささは少しもなかった。

「これで、信用していただけましたか」

「酔っていないことは信じた。だが、疑いが晴れたわけではないぞ」

警官は上司と相談し、病院へと送りこんだ。精神科の医者は、事情を聞いてつぶやいた。

「社会が複雑になると、妙なことを考える者がふえるものだ。おれは神だとか、大金持ちだとか、天才だとか称する患者は多いが、自分がサンタクロースであるという妄《もう》想《そう》の持ち主は珍しい。こんな症状は前例がないぞ」

そして診察室へ入り、サンタクロースを診断すべく、質問にとりかかった。

「ところで、あなたはいつごろから、自分をサンタクロースだと信じはじめたのですか」

「もの心がついた時からですよ」

「これは重症のようだ。しかし、いいですか。もしあなたがサンタクロースならば、みんなにプレゼントをくばることができるわけでしょう」

「もちろんです。そのために、わたしがやってきたのですから」

「それなら、いまここで出して下さい。そうすれば、みとめてあげましょう」

「いいえ、それはできません」

「困りましたな。できると言い、できないと言う。自分の発言の矛盾にさえ、気がつかないようだ。なおすのは大変かもしれない。強い衝撃療法など、少しは荒っぽいこともしなければなるまい。これから治療方針を相談してくる。ここで待っていなさい」

医者は部屋を出た。だが、戻ってきた時には、サンタクロースはいなくなっていた。

「さては逃げたのだな。まあ、おとなしそうな患者だから、そう大さわぎをすることもないだろうが……」

そのころ、サンタクロースは煙突を抜けて屋根の上にいた。合図をすると、八頭だてのトナカイのソリが空を滑ってやってきた。サンタクロースはそれに乗りこむ。

「さあ、早いところ帰ろう。こんな世の中になっては、どうしようもない。プレゼントなど、くばる気になんかなるものか。途中で海にでも投げ捨てたほうがまだましだ。来年からは、もう絶対に来てやらないからな」

トナカイたちは走り出した。美しい鈴の音は、やがて暗くつめたい冬の空でかすかになり、ついにはどこへともなく消えていった。

協力的な男

警察のこの一室には、疲れたような空気がただよっていた。二人の刑事は書類をぱらぱらとめくったり、思い出したように壁の地図をぼんやり眺めたりしていたが、つまらなそうな表情だった。

しばらく前に、夜の街でおこった強奪事件。物かげで待ち伏せ、なにかで頭をなぐって気を失わせ、カバンを奪って逃げた事件についてだ。二人の刑事はその担当となったが、いまだに見当がつかないのだった。

「どうも、手がかりがつかめないな。あのへん一帯の聞き込みを、もう一回やってみようか」

と、一人がため息まじりにつぶやいたが、もう一人は首をふった。

「やっても、むだだろうな。もう、いままでに三回もまわった。もう一回まわってみても、うるさがられるだけだろう。目撃者はでないし、犯人の落した物もない。被害者は、すぐに気を失い、相手も見ていない。まったく、手も足もでない。運のいい犯人だ」

「この上は、易者にでも見てもらおうか」

「それで犯人がわかるなら、われわれは不要だぜ」

二人はにが笑いし、腕を組み、また、ため息をついた。その時、ドアのそとに足音がとまるけはいがして、ノックがされた。

「どうぞ」

それに応じて、一人の青年が思いつめたような表情で入ってきて、こう言った。

「あの、こちらが強奪事件の係だそうですが……」

「ええ、その通りですが、どんなご用ですか」

「じつは、あの事件について、お話ししたいことが……」

二人は顔を見あわせた。どんな情報でもいい、いまは少しでも手がかりが欲しい時なのだ。

「これはこれは。わざわざ、ありがとうございました。さあ、どうぞおかけ下さい」

二人は笑顔を作りながら、椅子《いす》をすすめ、タバコを出した。

「どうぞおかまいなく。市民の義務として、見たことを報告しにきたまでですから」

「それで、どんなお話ですか」

「わたしは犯人を見たのです」

「そうでしたか。もっと早くお聞きできれば、犯人を早く手配できたでしょうに。しかし、いまでも、もちろんけっこうです。ためらっていたのは、犯人からのしかえしを恐れておいでだったからでしょうが、その心配はありません。警察は、協力者への保護は、充分いたします」

「いや、わたしはべつに、犯人をこわがってはおりません」

刑事たちはメモを用意し、青年の住所と姓名を書きとめた。

「さて、あなたが目撃した犯人の特徴などについて、お話しして下さい」

「ちょうど、わたしぐらいの年齢の男でした」

「しかし、よくわかりましたね。あの晩は月もなく、あの場所には街灯もありません。それでよく、見わけられましたね。たしかですか」

「たしかですとも」

「どうして断言できるんですか」

「わたしがやったんです」

思いがけない青年の言葉に、二人の刑事はまた、顔を見あわせ、うなずいた。目撃者とばかり思って応対し、自首してきた男をしゃべりにくくさせてしまった。しかし、自首ならなおありがたい。これで、困りはてていた事件がいっぺんに片づくのだから。

「そうだったのですか。しかし、よくその気になりましたね」

「ええ。わたしはずいぶん悩みました。かくしおおせるものとばかり思っていました。しかし、やはり良心には勝てません。そこで、こちらにうかがったわけです」

「それはいいことです。自首すれば、罪も軽くなります。さあ、お話しして下さい」

青年はぽつりぽつりと話しはじめた。物かげで待ちかまえ、棒きれでなぐり、カバンを奪い、金だけを抜いて、あとの証拠となる物は川に捨ててしまったことを、三十分ばかりかかって話し終えた。

「これで全部です。ああ、さっぱりしました。お手数をかけ、申し訳ありません」

さっぱりしたのは、刑事たちも同じだった。

「これで、われわれも一休みできる」

「刑事さんたちに喜んでもらえて、わたしもうれしく思いますよ」

やがて、報告を受けた上役が部屋に入ってきた。そして、青年にこう言った。

「おまえか、強奪事件の犯人だと自首してきたのは」

「そうです」

「とんでもないやつだな。またも、こんなことをしでかすとは」

刑事の一人は、ふしぎそうに上役に聞いた。

「またというと、こいつに前科があったのですか。本人は、はじめての犯罪のようなことを言っていましたが」

「いや、それがとんでもない前科だ。なにか事件があるたびに、わたしがやりましたと自首してくる。それが、調べてみると、全部つくり話なんだ。やつに言わせると、警察のかたが喜ぶのを見ると、自分までうれしくなるそうだ」

「ははあ。ちょっと、どうかしているわけですね。いままでに何回ぐらいあったのですか」

「さあ、八回ぐらいだろう」

その時、青年がその会話に割りこんできた。

「九回ですよ」

「なんというやつだ。こんなたちの悪い、いたずらをくりかえすとは。もう、これ以上こんなことを言ってきたら、許さんぞ。こんどやったら、病院に送るか、公務執行妨害の罪で刑務所に送ることになるだろう。いいか、二度とここに来るな」

「はい」

「さあ、早く帰れ」

青年はたちまち追い出された。警察から出た青年は、つまらなそうにつぶやいた。

「いままでの九回がうそだったから、せめて十回目は、本当の話をしてあげようと思ったのに。しかたがない。酒でも飲もう」

彼のポケットには、このあいだのカバンから盗んだ札束が、そっくり入っている。

女性アレルギー

エヌ氏は探偵事務所をやっていた。名探偵という定評があった。頭がよく、勇敢であり、腕力も強く、責任感もある。したがって、依頼者も多く、たいていの事件は解決した。景気は悪くなかった。

いま、やっと難事件がひとつ片づいたところだった。だが、ほっとして休むひまもなく、机の上の電話が鳴り出した。エヌ氏はそれを取り、きびきびした口調で言った。

「はい。こちらは探偵事務所。ご依頼の事件は、どんなことでございましょう。調査でしょうか。尾行でしょうか、それとも……」

「あのねえ、ちょっと護衛をおたのみしたいのよ」

その声で相手が女性と知り、エヌ氏はあわてて言った。

「申しわけありませんが、女のかたのご依頼は、当事務所ではお引き受けしないことになっております。どうか、あしからず」

「あら、それなら仕事をおたのみしなくてもいいのよ。あたしとつきあって遊んでくだされば……」

「それは、なお困ります」

とエヌ氏は電話を切った。それから、そばにいる若い助手に命じた。

「またかけてくるかもしれない。こんどかかってきたら、おまえが出て断わってくれ」

「女の人からですか」

「ああ」

エヌ氏がうなずくと、助手はなっとくできないような表情で言った。

「所長はすべての点で申しぶんなく、しかも、独身。いろいろな女の人が誘いの電話をかけてくるのも、当然でしょう。それなのに、所長は決して女性を近づけようとしない。どうも、わたしには理解できません。べつに、つきあったからといって、損もしないでしょうに」

「いやいや、わたしがこれまでになれたのは、この方針を貫いてきたからだ。おまえがなかなか一本立ちになれないのは、女性がそばにくると、すぐ目じりをさげ、鼻の下を長くするからだ」

「そうでしょうか」

「そうとも。女性に熱をあげると、第一に勇気がくじける。第二に、頭の回転が悪くなり、正確な判断が下せなくなる。第三に、力が充分に発揮できなくなる。こうなると、仕事をしくじり、商売が順調に行かなくなる」

「だけど、所長。映画やテレビでは、女性につきまとわれながら胸のすくような活躍をする探偵が、いつも登場しているではありませんか」

「それは作り話だからだ。それを本気にしてうらやましがるようでは、おまえも人がいいぞ」

「そういうものですかね」

「つまらない事は考えず、解決した事件を書類にまとめてくれ」

エヌ氏はこう言いつけ、椅子《いす》にもたれた。きのうまでの不眠不休の疲れが出てきた。また、季節が春というせいもあった。いつのまにか眠りにひきこまれた。

しばらくすると、ふたたび電話が鳴った。エヌ氏は受話器をとり、眠そうな声を出した。

「はい。こちらは探偵……」

「ねえ、おひまでしたら、今夜お食事でもいっしょに……」

またしても女の声だった。

「あいにくと、仕事がございまして……」

電話を切ったエヌ氏が、目をこすりながら部屋をみまわすと、机の前に大きな四角い箱が置いてあった。いつのまに運びこまれたのだろう。彼は机にもたれて眠っている助手に声をかけた。

「おい、起きてくれ」

助手はあくびをしながら身をおこした。

「あ、なんです。事件ですか。残念だな。せっかく美人の夢を見ていたところなのに」

「書類作りや電話のとりつぎをなまけ、眠っていては困るではないか」

「それはむりですよ。わたしだって所長と同じく、ずっと不眠不休でしたから」

「そうだったな。これはわたしが悪かった。ところで、その箱はなんだ。だれが持ってきたのだ」

「さあ、眠っていたので少しも気がつきませんでした。きっと例によって、だれか女の人からの贈り物でしょう。大きさから考えると、観葉植物あたりかな。けっこうではありませんか」

助手はうらやましそうな声を出した。だが、エヌ氏は不審さを感じ、ドアにかけよった。急げば、運びこんだ相手に追いつけるかもしれない。しかし、ドアの手前で立ちどまった。

「おかしいぞ、ドアには内側から錠がおろしてある。とすると、この箱を運びこんだやつは、どこから帰ったのだろう。窓から出ていったのかもしれない。調べてくれ」

不可解ななぞに直面し、エヌ氏はうろたえた声になった。助手もまだ眠そうなようすで、ひとわたりたしかめてから答えた。

「異状なしです。どの窓もみな、内側からしめてあります」

「そうか。では、壁を抜けて帰ったのかもしれない。それも調べてみろ」

「冗談じゃありませんよ。壁の穴から抜けられるのは、ガス人間か宇宙人だけでしょう。どうも、いつもの所長らしくありませんね。しっかりして下さい。推理がさえませんよ」

「壁でないとすれば床だろう。階下へ抜け出たのかもしれない」

助手は床をはい、また上をながめてから報告した。

「床板の釘《くぎ》は一本も抜けていませんし、天井も完全です」

「そうか。どこから帰ったのだろう。まったくふしぎな現象だ。われながら、きょうは頭がよく働かない。しかし、まだなぞをとく手がかりは残っている。その箱だ。贈り主の名は書いてないか」

　助手はこわごわ箱に近よった。

「書いてありません。いったい、なにが入っているのでしょう。もしかしたら、あけたとたんに爆発でも……」

「そうかもしれない。注意すべきだとの予感がしてならない」

　エヌ氏も助手も、手を出しかねて見つめた。その時、箱のふたがゆっくりと開きはじめた。そして、声もした。

「あら、お目ざめのようね。ねえ、これからどこかに遊びに行きましょうよ……」

　それと同時に、箱のなかから女性があらわれ、からだをくねらせながら、なまめかしい目つきをした。エヌ氏は言った。

「こういうわけだったのか。箱を持ち込み、あたりの鍵《かぎ》をかけてから、なかにかくれた。単純だね。いつものように推理がさえなかったのも、むりはない。やはり近くに女性がいたからだ……」

依頼

都会から少し離れた静かな土地に、エヌ氏は別荘を建てた。休暇をすごすには申しぶんなかった。昼間は近くを散歩していい空気を吸い、夜は騒音に悩まされることなく、ゆっくりと休める。

ある夜のこと。さてこれから眠ろうかと思った時、電話が鳴りはじめた。

「いまごろ、だれだろう。休暇の時には、よほどの急用でない限り電話するなと言ってある。しかも、こんな夜ふけにだ。どうせ、ろくなことではあるまい」

エヌ氏はぶつぶつ口にしながら立ちあがって受話器を取り、ふきげんそうに言った。

「もしもし、どなたです」

すると、相手は妙な口調で答えた。

「あっしは浜島甚兵衛と申すものでござんす」

「なんだと。知り合いに、浜島などという人はいない。番号ちがいだろう」

「ご不審も道理、じつは失礼を承知で、はじめてお電話したようなわけでござんす」

「おいおい、いたずらなら、いいかげんにしておくれ。また、わたしは映画の監督でもテレビのプロデューサーでもないぞ。ござんす、とかいう言葉を使って演技力を示したいのなら、よそへかけたほうがいい」

「いや、これがうまれつきの言葉。なにとぞ、ごかんべんを。なるべく注意することにいたしましょう」

「うまれつきだと……どこでうまれたのだ」

「この近くでございます」

「わけがわからん。近所には、そんな言葉を使う者などいない。もっとも、江戸時代ならべつだろうが」

「おっしゃる通り、その江戸時代の者でござんす」

それを聞いてエヌ氏は目を丸くして、にが笑いしかけた。だが、相手の口調はどこか真に迫っていて、冗談とも思えない。彼はこわごわ受話器を眺め、そして言った。

「まさか、そんなことが……。過去と通話する方法など、ありえない。これはどういうことなのだろう」

「あっしは生きた人間ではありません。霊魂でございます」

「霊魂なら霊魂らしくしたらどうだ」

「驚かしては悪いと思い、電話を利用したのでございます。しかし、お望みでしたら霊魂らしくいたしましょう。幽霊として出現するのと、夢枕《ゆめまくら》に立つのと、どちらがよいでしょうか」

「まて、どっちも困る。わたしは安眠したいのだ。この電話のままでいいよ。しかし、霊魂の世界とやらも、便利になったものだな」

「すぐれた科学者たちも、いずれはここにまいります。そちらの世界より進歩しているのも当然でございましょう。電話線の一部を拝借するぐらい、わけはありません」

「そういうものかもしれないな。で、話の用件はなんだ。ごたごたに巻きこまれるのは困るぞ。かたきを討ってくれとたのまれても、引き受ける気などない。墓をたててくれといっても、お断わりだ。最近は、けっこう金がかかるそうだからな」

「いえ、そんなお手数のかかるお願いではございません。じつは、あっし、思いが残って成仏《じょうぶつ》できないのでござんす」

「まあ聞くだけは聞いてみよう。どんなことだ」

「これから金を使って大いに楽しもうという寸前に、死んでしまいました。いまだに気になってなりません。その金を、あなたに使っていただきたいのでございます。そうなれば、あきらめもつき、さっぱりいたします」

「なんだか話がうますぎて、薄気味が悪いくらいだ。信じられない」

「だまされたとしても、もともとでございましょう。お庭のはじの、大きな石のそばをお掘り下さい。千両箱が埋まっております」

「ありがたい話だが……」

「ありがたいのは、あっしのほうでござんす」

　それで電話が切れてしまった。

　エヌ氏はこれを信用しなかったが、怒りもしなかった。冗談にしても上出来だ。とくに被害は受けなかったし、電話料を損したわけでもない。

　しかし、一晩眠って朝になると気が変った。相手も言っていたが、だまされたとしても、もともとではないか。シャベルを使って指示された場所を掘ってみると、手ごたえがあった。興奮しながら掘り出して調べると、汚れてはいるが、まさしく千両箱。抱えてみると、ずしりと重い。さては、昨夜の電話は、やはり本当だったのか。お礼を言いたいが、相手が霊魂では連絡のとりようがない。まあ、たのまれた通り、これを使ってやることにしよう。悪くない仕事だ。

　エヌ氏はさっそく知りあいの骨董屋《こっとうや》の主人に電話し、来てもらった。

「どうだ。地面を掘って、こんなものを発見した。相当なものだろう。処分をたのみたい」

エヌ氏は得意がった。しかし、主人は箱のなかの小判を手にしてながめていたが、首をふって言った。

「これはいけません。価値のないものです」

「そんなはずはない。これは浜島甚兵衛の遺宝なのだぞ」

「その名前をごぞんじなのでしたら、わけはおわかりのはずですが」

「いや、わからん。浜島甚兵衛とはなにものだ」

「にせ金作りですよ。一枚使っただけで発覚し、打首になってしまいました」

「なるほど、そうだったのか」

苦心してこれだけのにせ金を作りあげながら、ほとんど使わないうちに打首になってしまっては、霊魂となってから浮かばれないのもむりもない。

開業

八郎にとって、憎んでもあきたらぬやつが一人できた。彼がずっと思いつめ、彼女のほうもおそらく同じだろうと信じこんでいた女性、花子を奪った男である。

「ああ、おれはやつを殺してやりたい」

八郎は、そんな立場になった男たちがよくやるように、小料理屋の一室にはいって強い酒を飲みながら、こう叫び、親友の熊三に向かってくどくど、ぐちをこぼし続けた。

「その気持ちはわかる。だが、そういったって」友情にあつい熊三は、もっともらしい顔で制して「それはおまえには無理だ」

「いや、おれは殺してやるんだ」

「だめだよ。首をしめようにも、素手ではとてもかないっこない。刃物や拳銃《けんじゅう》をむけても、やつのほうが運動神経があるから、やりそこなうにきまっている。酒に毒を入れるとしても、やつはおまえとちがって酒を飲まんときている」

八郎は、ますます劣等感に打ちひしがれた。

「なんだと。おれよりやつの方がすぐれているから、花子をあきらめろと言いたいんだろう。ちくしょう。なんとかやつを殺してやりたい」

酒によって激しさを加えた八郎の苦悩には、いささか熊三もてこずった。

「まあ、おちつけ。そのうち、いい方法もみつかるだろう。きょうは、これくらいで帰ったほうがいいぜ」

熊三は八郎をアパートに送りとどけた。

その次の日。八郎に電話がかかってきた。

「どなたです」

聞きなれない声が、こう言った。

「わたしですか。わたしはきのう、となりの部屋であなたのお話をきいていた者です。うけたまわれば、だいぶお悩みのごようす。わたしが、あなたがたのお役に立つのではないかと思いましてね。そこで、お店の人にあなたのお名前を聞き、こう、お電話いたしたわけでございます」

「いまのおれの役に立つのは酒ぐらいだ」

「それはそうでしょうが」

「それとも、花子をとりもどすとでも」

「まあ、そのお手伝いといった……」

「そうもったいつけるな。いったい、きみの商売はなんだ」

「殺し屋でございます」

八郎は少し驚いた。

「なんだと。そうか、そういう手があったか。それはうれしい。ぜひたのみたい」

「すぐ、おうかがいいたしましょう」

八郎はうれしさのあまり、すぐ熊三に連絡した。

「おい、熊三。願いがかなうぞ。殺し屋という手があった」

八郎は、そのいきさつを説明した。

「まて、どうもおまえは、交渉がうまくない。ご用命するからには、こっちがお客だ。さいわい、おまえは顔をみられていない。おれが代りに交渉してやる。すぐ行こう」

熊三は急いでやってきた。

「さあ、おれがうまく値切ってたのんでやる。おまえはアパートの裏庭のほうにひっこんでいろ」

八郎をせきたて、熊三が待ちかまえていると、ノックの音がして、ドアが開いた。

「さっき、お電話いたしした者ですが」

チェックの服を着た中年の男が、にこにこ笑って頭を下げた。

「まあ、お入りなさい」熊三はここで高飛車にでて「だが、意外ですな。黒ずくめの服にソフトを目深《まぶか》くかぶり、虚無的な顔をした若い男でも来るのかと思ってました。お見うけしたところ、人を殺したことがおありとも思えませんがねえ」

熊三のあてずっぽのはったりは、うまく効いた。

「いや、じつは、はじめてなんで。このとしになっては、なかなかいい仕事がなく、セールスマンは疲れますし、小説で読むと殺し屋というのが、なかなか金になる商売だそうです。わたしも志を立て、お引き受けしたからには、誠心誠意つとめますから、ぜひ、おまかせ下さいませ」

男は頭を何度もさげた。熊三は、そろそろ値切りにかかろうとして、

「だけど、はじめての人ではねえ。こういうことは、しゃれや冗談でたのんでいるのではありませんからね。もし、やりそこなったら、どうするんです」

と男に軽蔑《けいべつ》した目を向けた。男はそれにたえかねてか、しばらく考え込んでいたようすだったが、

「ちょっと失礼」

と言って部屋を出ていった。熊三はつぶやきながら待った。

「なんだ、トイレへでも行ったのかな。いや、ていさいが悪くなって帰ったにちがいない。いったい、あんな男に殺せるものか。だいいち、八郎よりも弱そうじゃないか」

しかし、まもなく男は戻ってきた。にこにこした顔に自信の色を浮かべて。

「ご心配なく。大丈夫ですよ。おまかせ下さい」

「それはけっこうだが、どこへ行ってきたんです」

首をかしげた熊三の問に、男はこう答えた。

「いや、お話ししているうちに、ああ申しあげたものの、本当に殺せるかどうか心配になってきましてね。いま、このアパートの裏庭で、ためしに一人……」

紙　片

あたりが薄暗くなりかけた夕刻。人通りの少ない道を歩いている男から、どことなく不審なけはいを感じとった警官は、ちょっと声をかけてみた。

「もしもし……」

すると、ふりむいた男は、なぜか非常にあわてた表情でまっ青になり、やにわに駆けだした。

「怪しいやつだ。待て」

警官は追いかけ、やがて男をつかまえた。男は身をもがきながら抗議をした。

「なんです。わたしは、なにもしていないじゃありませんか。なぜ追いかけたのです」

「おまえが不意に逃げ出したからだ。警官に呼びとめられて逃げるのは、なにかわけがあるはずだ」

「わけなんかありません。追いはぎかと思ったからですよ」

「ふりむかずに逃げたなら、その理屈も通用するだろう。だが、警官と知って逃げたではないか。手間はとらせない。ちょっと署まで寄ってほしい」

警官はぶつぶつ言う男を、署まで連れてきて質問をはじめた。男は住所や氏名などを答えた。

「なにもしていませんよ。わたしは善良な市民です」

「それなら、なぜあわてたのだ。うむ。さては、凶器かなにかを持っているな。持ち物を出してみろ」

「凶器など、持ってはいませんよ」

男はポケットの品を机の上に並べた。万年筆、ハンケチ、タバコ、財布……。

とくに不審な物はなかった。しかし、警官は長年の経験から、この男が犯罪者特有のにおいを発散しているのに気がついていた。警官は首をかしげ、なにげなく財布をあけてみた。そこには一枚の紙片が入っていた。ひろげてみると、街の一角の図らしいものが、下手な筆跡で記されてあった。ポスト、化粧品店、くだもの屋などが書かれ、どこにもありそうな街角だった。しかし、その並びの一軒に、意味ありげな×印がつけられてあった。

「おい、この図はなんだ」

示されたとたん、男ははっとした表情になった。

「ええ、それは……。なんでもありませんよ」

しどろもどろな口調は、さらに警官の疑惑をかきたてた。

「では、説明してくれ。これさえはっきりすれば、帰ってもいい。どこの図で、なんのためのものだ」

「ええと、その……」

「答えてほしいね。女関係かなにかで、ひとに言えないことなら、われわれも決して外部にもらさない。協力してもらいたい」

「ええと……。忘れました」

「忘れるほど古い物ではないじゃないか。また、健忘症とも思えない。どうしても言えないのか」

「ええ、言えません」

警官はさじを投げ、同僚に相談してみた。すると、一人はこんなことを言った。

「もしかしたら、殺しか放火に関係があるのかもしれない。最悪の場合の想像だがね。そんな目的の家としたら、たとえ何日か留置されても、言わないにきまっている」

「そうかもしれない。わざと下手に書いてあるのは、筆跡をごまかすためだろう」

「いずれにしろ、早く図の家をつきとめるべきだ。ぐずぐずしていると、つぎの殺し屋が出動しないとも限らない。あるいは、時限爆弾をしかけたあとだったら……」

その万一の事態にそなえ、この地図の地区を発見するよう、ただちに各警察署に指令が出された。複写が作られ、配られたのだ。

ポスト、くだもの屋などのある街角は多い。だが、その図のような配置となると、なかなか指摘できなかった。どの警察でも、手わけをして管内の明細な地図とひきくらべた。

しかし、やがてまったく一致する街角がみつかった。警官たちは、その×印の家に急行した。到着してみると、その家はふつうのお菓子屋だった。

「ええと、この図に書かれている家は、おたくということになりますね」

警官は聞き、店の主人はそれをのぞきこみながら首をかしげた。

「そのようですね。しかし、この図はなんなのですか」

「不審な男が持っていて、どうしても答えないのです。なにか、ひとにうらまれるような心当りは、ありませんか」

「ありませんね。一度ぐらいは、うらまれてみたいくらいですよ」

店の主人はふしぎそうな顔をした。また、警官もこれ以上、どう手をつけたものかわからなかった。

その時、一人の子供が店に入ってきて言った。

「アイスクリーム、ちょうだい」

だが、主人と警官がむかいあったまま黙っているので、男の子は、

「おまわりさん、どうしたの」と、のぞきこんできた。そして「あ、ぼくの書いた地図だ」

「え、坊やが書いたんだって。なんのために書いたんだい」

「お父さんに、アイスクリームを帰りに買ってきてちょうだいって、けさ書いて渡したんだ。だけど、買ってこなかったので、ぼくが買いにきたんだよ」

「なんだ、そうだったのか」

色めきたっていた警察関係者は、意外なことに、いささかがっかりした。しかし、スリを一人つかまえることができたのが、せめてものなぐさめだった。

港の事件

ここは港。

潮風を顔に受けながら見わたすと、白い何隻《せき》もの船が、波の上で静かに眠っている。岸壁から海のほうにかけて夜霧が薄くひろがっているのか、船の灯や空の星々が、にじんでいるように見えた。だがそれは、押えようとしても私の目からあふれ出つづける、男の涙のせいかもしれない。

単調に打ち寄せる波が、さわやかな音をたて、郷愁をそそるような船の汽笛が、どこからともなく響いてきた。カモメたちは今ごろ、どんな所で眠っているのだろう。

ふと、そんなことが頭に浮かんだ。

さっきから、私はひとり、物かげにたたずんでいた。といっても、愛する女との、身を切られるような別れを悩んでいるのではない。私は船員でもなければ、また、流行歌の作詞者でもない。刑事なのだ。

中央の捜査本部に属し、ほとんど全国をかけまわった。それが今や、最終の段階にまでこぎつけたのだ。明朝の新聞の社会面を飾る記事のことを考え、いままでの長い苦労を考えると、涙がとめどなくわいてきても、べつにふしぎではない。

きょうの夕刻。私はこの港町のタバコ屋で、支払いをしている一人の男をなにげなく見た。そして、第六感にぴんと来た。

熟練した駅員が不正乗車を見つける時は、まず相手の態度でそれと感じ、つぎに切符をくわしく調べる。私のように長い経験をつんだ刑事も、それと同じ。金の払い方に、どことなく不審なけはいのあるのに気づいた。

急いでタバコ屋に寄ってみると、はたしてニセ札。それからすぐに尾行にかかった。相手は裏町をぬけたり、公園を通ったりしたが、べつに尾行を感づいたようすでもなかった。途中で電話をかけ、応援をたのみたかったが、それは思いとどまった。そのすきに見失ったりしたら、とりかえしのつかないことになる。

そして、夜になり、ついに相手が船のなかに入るところをつきとめた。岸壁に停泊している目の前の小型の船だ。

ニセ札の工場が、この船のなかとは知らなかった。街なかで作れば、どうしても近所の人に、怪しまれずにはすまない。だが、船のなかならば、その心配がない。転々と移動ができるからインキ類を買っても足がつきにくい。また、使い古した原版なども、海に捨てれば問題がない。

いままで発見できなかったのも、むりがなかった。だが、悪が発覚せずにすむはずがない。このとおり、私が犯罪者たちの本拠をつきとめたではないか。すべての疲れが、一時に消えてゆく思いだった。

しかし、困った事態が一つだけあることに気がついた。拳銃《けんじゅう》を持っているといっても、一人で乗りこむのは不用心だ。といって、電話をかけに行っている間に出航でもされたら、なにもかも水の泡《あわ》となる。水上警察とともに追っても、沖のほうであらゆる証拠品を捨てられたら、扱いがやっかいになる。

考えこんでいると、口笛を吹きながら歩いてくる、船員風の青年をみつけた。私は彼を呼びとめた。

「ちょっと、きみ」

「なんです」

ふしぎそうな顔をする青年に、私は警察手帳を見せ、

「わたしは刑事だ。いま、犯人らしい男がその船に入るのをつきとめた。だが、一人で困っていたところだ。協力をたのみたい」

「いいですとも、ぼくが見張っています。刑事さんは電話で応援を……」

「ありがとう。しかし、きみでは心細い。わたしが見張っているから、警察への連絡をたのむ」

「わかりました」

青年はうなずき、駆け出していった。三十分ほどすると、青年に案内され二人の応援が到着した。

「この地区の署の者です。応援にまいりました」

私はほっとした。

「この船が、ニセ札の本拠のようです。さあ、行きましょう」

まず、私たちは船に渡り、大声で船長を呼び出した。やがて、あらわれた男は、

「わたしが船長ですが、夜おそく、どんなご用ですか」

私たちは、それぞれ警察手帳を出し、

「警察の者です。いま、この船に怪しい人物が入りました。いちおう、船内を捜査させて下さい」

だが、船長は頑固《がんこ》そうな口調で言った。

「それは困ります。捜査令状をお持ちですか」

私は返事につまったが、さいわい応援の連中が代って答えてくれた。

「ごらん下さい。用意してきました」

私はのぞきこんでみたが、短い時間にもかかわらず、書式は整っていた。船長もそれを認め、がっかりした表情になった。

「仕方ありません。ご自由にお調べになって下さい」

万一の場合にそなえ、私は拳銃を出し、船内を案内するよう命じた。そして、ついに発見した。精巧な原版。用紙。印刷機。各種のインキ。さらに刷りあがって乾燥中の大量のニセ札。

「なんだ、これは」

と私は指摘し、船長は観念した。

「ごらんになった通りです。子供のおもちゃを作っている、などと言いわけをしてみたところで、見のがしていただけることにもならないでしょう」

応援の刑事たちは、船の全員に手錠をかけた。そのなかには、私が尾行した者もまざっていた。刑事たちは私に、

「たいへんなお手柄です。一味を逮捕できたのですから」

「いや。あなた方の応援のおかげです」

「さっそく、本署に連行しましょう。では、あなたはこの現場が荒らされぬよう、見

張っていて下さいませんか」

「いいですとも。あ、それから、さっきの青年の名前も聞いておいて下さい。協力してくれたのですから」

「わかりました。感謝状を出すよう、手続きをとります」

刑事たちは、みなを引きたて帰っていった。

私ひとり船内に残った。目の前の印刷機、みればみるほど精巧な出来のニセ札だった。このまま、船ごと手に入れたい誘惑さえ感じたが、もちろん、それをはねのけた。まもなく新聞記者たちも駆けつけてくるだろう。私を入れて現場にカメラをむけ、フラッシュをたくだろう。こんな晴れがましいことは、そうめったにあるものではない。

やがて夜が明けはじめ、いくらか空腹を感じてきた。同時に、いくらか不安も感じてきた。

新聞記者どころか、刑事たちも戻ってこなかった。

不安はさらに高まり、やっと私はその事情に気づき、歯ぎしりしてつぶやいた。

「さては、あの電話をたのんだ青年、それに、刑事たち。みなニセ札の一味だったにちがいない。なにしろ、これだけ本物そっくりのニセ札を作る連中だ。警察手帳だろうが、捜査令状だろうが、また感謝状だろうが、そんな物を印刷するぐらい、やつらにとっては朝飯まえだ……」

なぞめいた女

その女は夕ぐれの街を、なにか思いつめたようすでさまよっていた。二十歳ぐらい。容貌《ようぼう》も悪くはなかった。しかし、通りがかった警官は、気になるものを感じ声をかけた。

「もしもし、不審尋問をしようというのではありませんが、なにかお困りのことでも……」

万一、川や線路に飛び込み自殺などされたらことだと思ったからだった。女は立ち止り、顔をあげた。だが、首をかしげたままで、答えようとしなかった。警官はいつもの癖で、手帳を出しながら質問をつづけた。

「お住まいはどちらですか」

「それが……」

女は言いかけたが、そこで口ごもった。

「ははあ、家出をなさったのですね。考え直したほうがよろしいと思いますよ。家出はすべて、哀れな結末になるものです。もし、ひとりで帰りにくいのでしたら、お送りしましょう。さあ、お名前と住所とをおっしゃって下さい」

「それが……」

女はまたも口をつぐんだ。

「遠慮なさることはありません。どうなさったのです。家出ではなく、べつな事情があるのですか。さしつかえなければ、お話しになって下さい」

女は手でひたいを押えながら、やっと話しはじめた。

「お話ししたいんですけれど、なにも思い出せないんです。住所や名前さえも……」

警官はしばらく、目をぱちぱちさせるだけだった。こんな事件ははじめてだ。

「ははあ、記憶喪失症とかになったわけですね。なんでそんなことになったのです」

「それも思い出せませんわ」

記憶喪失なら、それも当然だろう。事情がわかってみると、ほっておくこともできない。署に連れて帰ることにした。

警察は、とんでもないものをしょいこんだ形になってしまった。まず、ハンドバッグをあけさせたが、名刺や定期券のたぐいは見あたらず、役に立ちそうな品はなかった。署員たちは、思いつくままに、いろいろな質問をし、彼女のほうも首をかしげたり、目をつぶったり、つめをかんでみたりした。だが、事態は少しも進展しなかった。容疑者なら、おどかして口を割らせることもできるが、この場合はそうもいかない。また、身元不明の死体よりも、はるかに始末が悪かった。死体なら発見した場所を手がかりにもできるし、服をぬがせて解剖して調べることもできる。しかし、生きていては……。

やがて、警察の嘱託医が呼ばれた。ひと通り診察をすませたあと、

「頭をなぐられたり、薬品をのんだりしたようすもありません。心理的なショックが原因ではないかと思われます。わたしの手にはおえません。一流病院の専門医にまかせるべきでしょう」

それを聞き、みなは顔を曇らせた。専門医にまかせるのもいいが、全快までどれくらいかかるものか見当がつかない。本人の素性がわからないのだから、健康保険も利用できない。もし、この症状がつづいたら金がかかる一方だ。

犯人なら検察庁へ送ればいいし、酔っぱらいなら説諭して追い帰せる。死体ならば、冷凍室に入れっぱなしでもいい。しかし、記憶喪失ではそうもいかないのだ。その夜はいちおう、署内にとめることにした。明日まで待ち、やはり変化がないようなら、新聞社やテレビ局に連絡し、とりあげてもらうより外に方法はなさそうだ。写真を見

て、知人があらわれないとも限らない。

　つぎの朝、警官は女に聞いた。

「どうですか。ひと眠りなさって、なにか思い出しませんでしたか」

「ええ、だめですわ。だけど、数字が浮かんできましたわ。あたしと関係があるような気がするんですけど……」

　と、女は一連の数字を言った。警官はそれを書きとめ、しばらく考えていたが、

「もしかすると、電話番号かもしれません。これを手がかりに調べてみましょう」

　さっそく手配がなされ、電話の持ち主である男が連れてこられた。

「お忙しいところをおいでいただいて、申しわけありませんが、じつは、あの正体不明の女を持てあまし、みな困りきっているのです。あなたがご存知だと助かるのですが」

　警官の指さす女を見て、男はうなずいた。

「知っていますとも。わたしはある劇団の演出家で、彼女は俳優です。どうしてここに。なにか悪事でも……」

　警官はほっとした。確実な引き取り先が見つかれば、それでさわぎは終りとなる。

「いや、保護してさしあげただけです。どうぞ、お連れになって下さい。彼女はなに

か精神的なショックを受けているようです。なぐさめてあげれば、すぐよくなるでしょう」

「そういえば昨日、劇のことでちょっと注意をしました。そんな下手な演技が通用するのは、子供相手の時ぐらいだろう。真価を発揮してみせろ。そうでないと、こんどの主役をやらせることはできない。と、いったようなことです。しかし、そうひどいショックを与えたとも思えませんが」

男は弁解めいた口調でふしぎがった。しかし、警察にとって、そんなことまで立入る必要はない。問題さえ片づけばそれでいいのだ。

「なにはともあれ、われわれは安心しました。一時はどうなるかと思いましたよ。では、お大事に」

警察は二人を送り出した。男にともなわれて帰りながら、女はこっそりとささやいた。

「こんど上演する〝記憶を失った女〟の主役のことですけど……」

記念写真

エス氏はある観光地で、街頭写真屋をやっていた。しかしカメラが普及するにつれて、あまりいい商売とはいえなくなってきた。新しく、べつな分野を開拓しなければならない。

なにかないものだろうか。あれこれ考えたあげく、名案を思いつくことができ、それにとりかかることにした。

といって、写真と縁を切ったわけではない。レンズの焦点を、もっと利益率のいい対象へと合わせたのだ。

エス氏は刑務所の近くに部屋を借りた。望遠レンズを使えば、窓から刑務所の門を撮影することができる。だが、門といっても、職員の出入りする正門のことではない。服役や釈放で出入りする囚人のための、専用の門だ。

もちろん、門そのものの写真が売れるものではない。門を背景に撮影された人物に価値がある。

門が開かれ、刑期を終えて釈放になった人物が出てくると、エス氏はシャッターを押す。それから、そっとあとをつける。住所を調べるためだ。そして、なにか仕事につくのを待って、あらためて訪問し、こう話を切り出すのだ。

「ひとつ、記念写真をお買いになりませんか」

「なんのことだか、さっぱりわからない」

首をかしげる相手に、エス氏は問題の写真を渡す。

「これでございます。あなたのお姿が、よくとれております。わたしの腕のいいためでございます」

「や、こんな写真をとられたことは、少しも気がつかなかった。しかし、買うなんて、とんでもない。記念どころか、思い出すのもいやな体験だった」

と、たいていは、まず断わられる。だが、ここで引きさがっては、商売にならない。

「お買いいただけるものと思っておりましたのに、残念でございます。では、当方で持っていても仕方ありませんので、ご近所や勤め先のほうに、無料で贈呈させていただきます」

まともな人生に戻るため、地道な勤めをはじめた際だ。前科などを宣伝されてはたまらない。

「まあ、待ってくれ。買うよ、買うよ。高くてもいいから、ネガもいっしょに渡してくれ」

と、高価に買いあげてもらえるのだ。

もっとも、あくまで強硬に「勝手にしろ」と、鼻先きで追い返されたこともあった。その時は、エス氏もかっとなり、本気になって何枚も焼き増しをし、近所の家々に送りつけた。

なんと、相手は弱るどころか、ますます喜ぶ始末。あてが外れた原因をさぐってみると、前科何犯の数のふえるのを自慢したがる、札つきの悪党だった。困らせるつもりが、逆に手伝った形になってしまったのだ。上には上がある。

しかし、こんな場合は例外中の例外。エス氏のこの事業は順調だった。被害者たちは、だれも表ざたにしたがらない。また、新しいお客は、つぎつぎに門からあらわれ、浜の真砂《まさご》と同じく、たね切れになることもない。申しぶんのない状態だった。

ある日、エス氏はひとりの青年を訪れ、いつもの交渉を開始した。

「こんな写真がございますが、記念にひとついかがでしょう」

「あ、いつのまに、こんな写真を……」

「これが商売なのでございます。もし、ご不用でしたら、こちらで勝手に配らせていただきます。しかし、あなたのように前途ある若いかたにとって、出獄記念の写真がばらまかれることは、よくない結果になると存じます」

「なんだ。恐喝《きょうかつ》じゃないか。ひとの弱みにつけこもうという計画だな」

「しかし、どなたさまも気持ちよく、お買い上げくださっております。お買いになると、さっぱりなさいますよ」

「まったく、けしからん話だ……」

　青年はとつぜん飛びかかって、たちまちエス氏をしばりあげてしまった。エス氏は驚いたものの、あわてはしなかった。

「無茶はおやめなさい。若い人は、考えが単純でいけません。むりやりこの写真を取りあげても、だめですよ。ご参考までに申しあげますが、ある時刻までにわたしが帰らないと、焼き増しした同じ写真が、ほうぼうに送られることになっているのですから」

「そんなことは平気だ」

　青年の答えは意外だった。しばられたまま、エス氏は聞いた。

「いったい、どうなさるつもりです」

「警察へ電話し、恐喝の犯人として引き渡すのだ」

「それは健全なお考えですが、賢明とは申せません。あなたの前科が、みなに知れ渡ってしまうではありませんか」

エス氏はあくまで落ち着いていた。だが、青年もまた、落ち着いていた。

「前科などないから、心配はしない」

「ごまかしてもだめです。写真にうつっている通り、釈放用の門から出ていらっしゃったではありませんか」

「そっちで思い込むのは勝手だが、ぼくの仕事は、鍵《かぎ》の販売。その写真は、新しい鍵を取りつけての帰りの光景。大量にくばってもらえるとは、かえってありがたい。刑務所へも納入しているとなると、信用も高まり、いい宣伝になる」

青年は電話をした。まもなくやってきた警官に、エス氏は逮捕された。そして刑務所へと送られてしまった。いままでに何度となく写真にとった、あの記念すべき門をくぐって……。

夢と対策

目をさましたエヌ氏は、大きなため息をついた。心臓の鼓動は他の内臓をも揺らせるほど激しく、肌《はだ》にはびっしょりと汗がまとわりついている。だが、慢性の病気によるの症状ではない。すべては夢のせいだった。

その夢には飛行機がでてきた。晴れた空を快調に飛びつづけているのだが、とつぜんエンジンの音が不規則になり、火を噴きはじめる。機体は大きく揺れ、狂ったように身をよじり、手のほどこしようもなく墜落に移るのだ。その時、なにげなくカレンダーつきの腕時計に目をやると、十三日の金曜日、針は三時をさしている。日中だから午後の三時だろう。これだけの夢なのだ。

とくにさわぐほどのことはないともいえる。しかし、エヌ氏はしばらく前から、くりかえして何度もこの夢を見ているのだ。そして、きょうがその十三日の金曜日。不吉な気分におののくのも当然だろう。

窓のそとは、夢と同じく晴れた空だ。エヌ氏はベッドに起きあがり、頭に手を当ててしばらく考えた。きょうは出勤しないほうがいいのではないだろうか、と。よくない前兆であることはたしかだ。たび重なる運命の警告を無視し、危機に直面してから後悔しても手おくれだ。そのような記事をなにかで読んだことがある。

だが、こうも考えてみるのだった。ばかばかしい、たかが夢ではないか。夢を無視して行動し、なんともなかった人は無数にあるはずだ。こんな習慣が身についてしまったら、ろくなことはない。ますます夢を気にするようになるだろう。それにつれ、夢を見る回数もふえ、夢に関する記憶もはっきりとなるだろう。そして、ついには一歩も外出できなくなってしまうかもしれない。

あれこれ迷ったあげく、エヌ氏は出勤することにした。家にいて悩んでいては、かえって頭が疲れるばかりだ。それに、きょう飛行機に乗るような予定もない。会社に出かけ、席についたエヌ氏を見て、同僚が声をかけた。

「どうかしたのか。なんとなく元気と落ち着きがないぞ」

「なんでもない。ちょっとした寝不足だよ」

と、エヌ氏は口を濁した。くわしく説明してみたところで、どうなるわけでもない。笑い話にされるのがおちだ。学のあるやつが耳にはさみ、性的にどうのこうのという結末になるにきまっている。

もっとも、なかには予兆という現象を信じている者もいるかもしれない。しかし、その連中だって、自分の感じた予兆なら信じるが、他人のとなると、それほど関心は示さないものだ。いずれにせよ、話すことは無意味にちがいない。

　昼ちかくになって、エヌ氏は上役に呼ばれた。

「なんでしょうか」

　と彼が聞くと、上役は事務的な口調で言った。

「じつは支店に急用ができ、わたしは出張しなければならなくなった。どうだろう、いっしょに来てくれないか」

「けっこうです。出発はいつでしょうか」

「これからすぐにだ。飛行機だから、時間はかからない。そのつもりなら、今夜までに帰ってくることもできる。切符は手配してある」

「どうも、それは……」

　と口走りながら、エヌ氏は青ざめた。このことだったのだ。予定がないからと安心していたが、やはり運命は待ちかまえていたようだ。もはや、逃げられないのだろうか。そのようすを見て、上役は聞いた。

「気が進まないようだが、つごうが悪いのか」

「悪くはありませんが、飛行機に乗るというのが……」

「飛行機ぎらいというわけでもないだろう。このあいだまでは平気だったではないか。まさか、テレビドラマでも見て、不意に飛行機恐怖症になったのではないだろうな。現代人らしく、冷静に考えてくれ」

「はあ……」

「現代において、旅客機ぐらい安全な乗り物はない。操縦士は熟練者を選んであり、統計的にみても最も事故が少ない。このあいだ、こんな小話を読んだ。ヨーロッパに住んでいる両親が、アメリカにいる息子に会いに行くことになった。飛行機をこわがる父に、母がこう言う。大丈夫よ、いままで何度となく航空便を出したが、着かなかったことは一回もないじゃないの、と」

上役は気を引きたたせようとしたが、エヌ氏はぼそぼそと言った。

「その点はよくわかっているのですが……」

やはり、夢のお告げの話は切り出せなかった。それを主張して断わったら、くびにされないとも限らない。夢を口実とするわがままが通用しはじめたら、会社としても統制がとれなくなってしまうだろう。エヌ氏は無意識のうちにハンケチを出し、ひたいの汗をふいた。上役はうなずきながら言った。

「ああ、気分が悪いのだな。からだが不調だと、気圧の変化や揺れでひどくなることがある。それなら、無理しないほうがいい。ほかの社員を連れて行くから」

「はあ……」

ほっとしたものの、エヌ氏の心にはわだかまりが残っていた。これで自分は助かる。しかし、上役は飛行機に乗りこむのだ。この出張を中止か延期させるよう、努めるべきではないだろうか。危険が迫りつつあるというのに、黙って見すごすのは気がとがめる。

だが、口には出しにくかった。必死にとめるのも変だ。信用してくれないだろうし、いやがらせととられるかもしれない。また、なにごとも起こらなかった場合、責任を問われるにきまっている。問われないまでも、頭のおかしい人さわがせなやつだとの焼印を押されてしまうのだ。

もじもじしているエヌ氏に、上役は同情の言葉をかけた。

「気分がすぐれないのなら、きょうは早退して家で休養したほうがいい」

「そういたしましょう」

エヌ氏はそれに従うことにした。平然と執務していたら、なんで旅行をしりごみしたのかと疑われてしまう。

エヌ氏は自宅へと帰った。だが、することもない。彼はグラスに酒をつぎ、それを飲みながら雑誌を開いた。ほかに時間のつぶしようもない。

そして、なにげなく時計を見た。午後の三時。魔の時刻もなにごともなく終ろうとしている。

「これでいいのだ。飛行機というものに乗りさえしなければ、問題のおこりようがないのだから……」

笑いながらこうつぶやき、無事を祝おうとグラスを口に近づけかけた。その時、エヌ氏は不規則なエンジンの響きを耳にした。はっと思ったが、もはやなにもかも手おくれだった。上空で不測の事故をおこし墜落しはじめた軍用機が、エヌ氏の家にむかってまっさかさまに……。

教訓。信じるなら信じるで徹底的に、ビルの地下室にでもたてこもるべきだ。信じないなら信じないで、笑いとばして旅客機に乗ればいい。躊躇逡巡《ちゅうちょしゅんじゅん》中途半端《はんぱ》は最悪の道。

個性のない男

エヌ氏はみるからに平凡な人間だった。背は高くも低くもない。顔つきにもどことい って特徴がない。また、動作から歩き方まで、特色らしき点を発見するのに骨が折れる。目立たないこと、おびただしい。

いや、外観ばかりでなく、性格までもそうだった。自分独自の意見とか個性というものを、まるで持ちあわせていない。

そんなやつは、現代では役に立つまい。こう思う人が多いことだろう。しかし、エヌ氏はけっこう豪華な生活をしていた。

すなわち……。

エヌ氏は小さな鞄《かばん》をさげ、あるホテルの一室を訪れた。ノックをすると、内部から声がした。

「どなた……」

「カメレオン商会でございます。ご連絡をいただきましたので、参上しました」

と工ヌ氏が告げると、ドアが開き、迎え入れられた。なかにいた人物は四十歳ぐらい、体格がよく、せかせかした動作と口調の男だった。

その男は工ヌ氏に言った。

「まあ、そこの椅子《いす》にかけろ。おまえか、アリバイ屋というのは」

「はい、さようでございます。ご用命いただき、ありがとうございます」

「アリバイを作ってくれるとは、まったく、妙な商売もあるものだな。で、どんなふうにやるのだ。ひと通り説明してくれ」

「はい。やることは簡単でございます。わたしがご依頼人そっくりになりまして、ご指定の時間に、ご指定の場所をうろつきます。もちろん、家族や親友のかたの目はごまかせません。しかし、そこにいあわせた一般の人が、あとで、あれはあなただったと証言することは、保証いたします」

「わたしになりますといっても、そう容易なことではないだろう」

そう言われ、工ヌ氏は復唱してみせた。

「わたしになりますといっても、そう容易なことではないだろう」

口調から声の低い点まで、ほとんどそっくりだった。顔をあわせてから今までのわずかな時間で、その要領を身につけてしまったのだ。男はいささか驚いた。

「これはすばらしい。自分の声の録音を聞いているようだ。どこで、そんな修業をつんだのだ」

「どこということもありません。いつのまにか、自然にこうなってしまったのです。わたしの出身校は、学生を型にはめ規格品として卒業させるのが、教育方針でした。独自な才能を育てないのです」

「なるほど」

「それから、ある金融関係の会社に就職しましたが、よけいな独創性は発揮するな、という職場でした。仕事のかたわら、作家をこころざし、ずいぶん原稿を書いてみましたが、どれもだめでした。既成品の焼き直しばかりだ、との批評でした」

「そうだろうな」

「職をかわろうと思い、映画会社の知人にたのんだら、俳優として採用してくれました。しかし、スタンドイン、つまり代役専門です。面白くはありませんでしたが、この期間に、技術が向上したというわけでしょう。そして、ある日、はたと気がついて、この商売をはじめたというわけです。やってみると、わたしにぴったりの仕事でした。われながらいやだった人生体験が、その時を境に、全部プラスになったわけです」

「ずっと順調なのか」

「おかげさまで、ご利用くださるかたが多く、まあ、景気は悪くございません。と申しあげても、言葉だけではご信用いただけませんでしょう。ご商談に入る前に、わたしの才能をごらんにいれましょう」

エヌ氏は鞄から道具を出し、自分の顔をメーキャップした。さらに、相手の上着を借りて身につけ、表情や動作の癖までまねてみせた。そして、言った。

「いかがです。なにか、ご注意は……」

「うむ。ふたごの兄弟に会っているような、鏡にむかっているような気分だ。百面相の芸でも一流になれるだろう」

「それでは、たいした収入にはなりません」

「それもそうだな。よし、依頼しよう。しかし、あとくされはないのだろうな」

「もちろんでございます。お金をいただき、仕事をすませたあと、わたしは消え去ります。いあわせてわたしを目撃した証人をどう利用なさろうと、一切関知いたしません。だからこそ、お客さまの信用を得ているのでございます」

「なんのためにやとうのか、知りたくはないのか」

「うかがわないほうが、気が楽というものです。たとえば、そのあいだに殺人がなされると知っては、わたしもいい気持ちではありませんし、法律にもふれることになりましょう」

「わかった。では、明日の夕方にたのむ。六時から七時のあいだだ。この窓から見える、あのレストランで食事をとってくれ。それだけでいい」

「はい。ボーイに時刻を聞き、チップを渡し、いくらか印象に残るようにしておきましょうか」

「まったく、いたれりつくせりだな……」

かくして、商談は成立した。

つぎの日。エヌ氏は契約どおり、依頼人そっくりになり、指定の時間に、そのレストランで食事をした。いまごろ、依頼人はなにをやっているのだろう。そんなことを考えながら、あたりの人たちに適当に存在を知らせ、料理を口にした。

約束の一時間がすぎ、エヌ氏は店を出た。なんと、のんきでもうかる商売ではないか。

しかし、そのとたん、両側から強い力でつかまえられた。両側の男たちは言った。

「警察の者だ。署まで連行する」

エヌ氏はもがきながら言った。

「いったい、なんです。なにも悪いことはしていませんよ」

「図々《ずうずう》しいことを言うやつだ。少し前に、閉店まぎわをねらって、宝石店へ強盗が入った。その犯人らしいのがこのレストランにいるとの、密告電話があった。念のために目撃者たちを連れてきて、そっと観察させると、犯人にまちがいないと言った」

「とんでもない。それは誤解だ」

「文句があるのなら、署でゆっくり聞いてやる」

「ああ……」

と、エヌ氏は連行されながら、ため息をついた。逃走の時間かせぎに使われたらしい。警察は言いぶんを信用してくれるだろうか。なっとくさせるには、いままでの依頼人たちのことを、打ちあけなければなるまい。

いや、ひどい客にぶつかってしまったものだ。

夕ぐれの車

午後五時。

自動車のなかの、いろいろな計器といっしょにとりつけてある時計は、夕方であることを示していた。だが、日の長い季節のため、あたりにはまだ昼間と変りない明るさがあった。

時計と並んでいる速度計は、あまり大きな数を示していなかった。その自動車は郊外から都内にむかっての広い道路を、ゆっくりと進んでいたのだった。郊外に帰宅する人びとの自動車で、道の反対側はこみあっていたが、この車の進む側はわりあいとすいていた。それなのに速度をあげないのは、あまりスピードをあげると、故障をおこしかねないからのようだった。

その自動車はとくに変った型ではなく、ごくありふれたものだった。むしろ普通以下の、いささかくたびれかけた車だった。そして、それに乗っている二人の男は……。

「兄貴。時間はまだありますね」

と、ハンドルを握っているほうの男が言い、助手席の男がそれに答えた。

「ああ、この調子でちょうどいい。おくれても困るが、あまり早く着きすぎてもぐあいが悪いからな」

助手席の男は兄貴と呼ばれて答えはしたが、それから想像するほど若くはなく、五十歳を少し越えていた。いっぽう、運転をしているほうの男は、五十歳にもう少しといったところだった。

「兄貴。この都心から帰ってくる自動車の流れは、すごいものですね。昔にくらべて」

「ああ、二、三日まえの新聞には、複合事故の記事があった。交差点でのエンスト、信号機の故障、パトカーと救急車の接触が重ってなんて。数年まえにそんな話をしたら、だれも信じない作り話と思われたろう。世の中が混雑してくると、いろんなことが起こるものだ」

「おれたちが郊外に住んだころは、まだまだのんびりとしていましたな」

二人の男のうち、兄貴ぶんを二郎といい、弟ぶんを三郎といった。しかし、姓はちがっていたし、兄弟でも、親類どうしでもなかった。兄弟ではなかったが、その間柄は兄弟と同じ、いや、それ以上にちかしかった。

「兄貴。おれたちがあの大仕事をしてから、何年ぐらいになるでしょう」

「さあ、十年じゃないかかな。おまえと組んで、ぼろもうけしているやつを相手に大がかりな手形詐欺《さぎ》をやり、気持ちのいいほどの成功をしたものだ。自分たちでやっておきながら、金をつかんでからも信じられないくらいだった」

「おれたちは幸運だったな」

「そして、おれたちはその幸運を大事にした。普通のやつらだと、いつまでもその調子がつづくものと考え、つまらないことで金を使いはたし、犯罪を重ね、いつかはつかまってしまう。しかし、おれたちはちがった。郊外にまとまった土地を買い、ひっそりと暮すことにしたのだからな。おれの庭は雑木林のままだが、おまえは草花を植えた」

「おれは花をいじるのが好きなんだ」

「もちろん、おたがいに時には気晴しに酒を飲みに出かけ、女遊びもした。だが、決してはめをはずすことはしなかった。この調子で一生を過せるはずだったな」

「ええ、なにもかも順調にゆくつもりでしたよ」

「しかし、十年もたたないうちに、こう行きづまるとは思ってもみなかった。こんなに生活がしにくくなるとは、あのころは考えもしなかったな」

「世の中が悪くなったせいですよ」

「そうだ。物価はあがる、電気代をはじめ、なにからなにまで値上りだ。おたがいにひとり暮しで、外出の時にはぶっそうだから、留守番をたのむ。しかし、それだって昔の日給ではきてくれない。それに、人びとのたちの悪くなったこと。先ゆき心細いので、少しでも利殖しようと思って、ある男に金を貸したんだが、こげついてしまった。まじめそうな男と見たんだが、請求に行ってみると、けろりとしている。返す気がまるでないらしい。ひどいものだ」

と、言いながら、二郎はタバコを出し、火をつけた。車内の灰皿はがたついていたが、まだなんとか使えた。三郎はうなずきながら、同じようにぶつぶつこぼしはじめた。

「おれだってひどい目に会いましたよ。まわりの土地が値上りしたんで、庭の一部を売ろうとしたんです。それで、たちの悪い不動産屋にひっかかり、持逃げされたんですからね。やっと強硬にかけあって取り戻したのが、このぼろ車一台ときては、泣きたくもなりますよ」と彼はハンドルを軽くたたいて「なにか仕事をさがそうとしたんですが、五十近くなっては、どうにもなりません。あの駅前のスーパーの警備員ぐらいです。十年まえに新聞にでかでかと報道され、ついに逃げおおせた詐欺事件の一味なのに、ただの警備員ですよ」

「いいほうさ。おれも仕事をさがしてみたが、こっちは五十を越している。すると、近くの幼稚園で人を求めていると知らせてくれた人があった」

「どんな仕事なんです」

「そこまでは聞く気になれなかったよ」

二人は話しあいながら、自動車を進めた。郊外らしさが薄れ、信号が多くなってきた。信号で止まるたびに、帰宅する人、夕方の買物を終えた女性などが、ぞろぞろと前を横切っていった。三郎がまた話しはじめた。

「どうにも、ひどい世の中だ。おれが兄貴と組んで、もう一回、一仕事しなくてはならなくなったのも、仕方がありませんね。しかし、誘拐《ゆうかい》とは罪が重いんじゃないんですか」

「ああ、それは重い。だから、このあいだ打ち合せたように、さらった子供には絶対に手荒なことをするなよ。傷つけるどころか、ひっぱたくこともいかん。身代金《みのしろきん》がとれなくても、決して怒ってはいかん。それなら、万一つかまったところで、そうひどい刑にはならないですむ」

「わかっていますよ。おれたちはちんぴらでも変質者でもない。老後の生活費を確保するだけが目当てなんですから。そうそう。子供のごきげんを取るオモチャは、その紙袋のなかに買ってあります」

「そうか。なにしろ相手は資産家の子供だ。すぐ泣くかもしれんし、そうなると怪しまれる。取引きがすむまで、きげんを取りつづけなければならん。たのむぞ」

二郎はこう言いながら、座席の上、二人のあいだにあった紙袋をのぞいた。そして、顔をしかめて、なじるような声を出した。

「なんだ、これは」

「オモチャじゃないですか。サッカー・ボール、水鉄砲、ぬいぐるみのクマ、模型宇宙船。八つぐらいの子供なら、そんな程度でしょう。いけませんか」

「まずいね。このあいだ話しておいたろう。ねらう子供は女の子なんだぜ」


五時半。

あたりはいくらか夕方らしくなってきた。三郎はハンドルを切り、道ばたによせて停車させた。

「そうでしたね。あの横町に商店街があります。オモチャ屋もあるでしょう。ちょっと買ってきます」

夕方の人ごみのなかに入ってゆく三郎を見おくっていた二郎は、不要になったオモチャの袋に気がついた。そして、窓から首を出し、道の上にぼんやり立っている男の子に呼びかけた。

「坊や。ちょっとおいで」

「なあに、おじちゃん。道でもわかんなくなったのかい」

と、幼い男の子はかけよってきた。

「そうじゃないよ。坊や、ぼんやり立ってなにしてんだい」

「お父さんもお母さんも、仕事でまだ帰んないんだ。一人でうちにいてもつまんないから、遊びにでてきたのさ」

「おうちにいたほうがいいよ。もし、悪い人にだまされて連れてかれでもしたら、お父さんたち心配するだろう。さあ、このオモチャをあげるから、おうちで遊びなさい」

「どうもありがとう」

紙袋をのぞいた子供は、驚きと喜びの声をあげ、横町のなかに消えていった。それといれちがいに、三郎が紙包みをかかえて戻ってきて、運転席についた。そして、

「いまの子にやったんですか。いいことをしましたね。一仕事する前にいいことをす

ると、幸運に恵まれるはずですよ。十年まえのあの時も、ちょうど年末で、クリスマスのころだった。時間つぶしに、さびしそうな老人にクリスマス・ケーキを買ってやったでしょう。おれは、そのおかげで手形がこっちの手に入ったんだと思っている。きょうだって、うまく行きますよ」

「さあ、思い出話はそれくらいにして、包みをあけてみろ」

三郎のあけた包みからは、フランス人形、オルゴールの箱、リボンの髪かざりなどが出てきた。

「おれたちみたいにずっと独身だと、女の子の好きな物の見当がつかないが、こんなものでしょうね。相手がバーづとめの女の子だと、なんとかわかるんだが」

「まあ、そんなとこだろう。さあ、少し急いでくれ。つまらないことで時間をつぶした。場所はよくわかっているだろう」

三郎はうなずき、車をスタートさせた。右に折れ、左にまがり、やがて目ざす静かな住宅地に近づいた。高い塀《へい》が並び、そのなかの植木の奥の家からは、ピアノの音が流れてくるといった感じの場所だった。車は速力を落し、人通りの少ない道で停車した。二郎は少しはなれた大きな門を指さして言った。

「その家の子供だ。さあ、そろそろ帰ってくる時刻だ。ちょうど今ごろ、けいこ事から戻ってくる。おれは後の席に移るぜ」

　二郎は時計を見ながらドアをあけ、後部の席に移った。そして、タバコを二本ばかり吸い終ってから、低い声で三郎に言った。

「きたぞ。あの女の子だ。おまえは人通りを見張れ。だれか通るようだったら、中止する。いいか」

「わかってますよ」

　女の子は近づき、二郎はころあいを見はからって、いままで頭のなかで何回もくりかえしてきた言葉を言った。

「ねえ、おじょうちゃん」

「なあに」

　女の子はちょっと驚いたようだったが、二郎を見て警戒の表情をといた。二郎はもともと、凶悪さなど少しも持ちあわせていなかったのだ。女の子は少し近よってきた。

「あたしアキコって言うのよ。だけど、おじちゃんを知らないわ。だれなの」

　育ちのよさそうな、物おじしない口調だった。二郎はそれに力を得た。

「そう。アキコちゃんのお父さんの、お友だちなんだよ」

「そうなの。知らなかったわ」

「そうなんだよ。お父さんから、アキコちゃんをしばらくドライブさせてあげてくれとたのまれて、迎えにきたんだよ。さあ、お乗りなさい」

二郎はしゃべりながら、あまりうまい口説きではなかったように思えてきた。女の子は首をかしげながら答えた。

「だけど、いやな所に連れてくんじゃないの」

「だいじょうぶですよ」

二郎はどきりとしながらも、そしらぬ顔で答えた。どうも考えたほど、うまくゆきそうもない。もし、見込みがないようなら、すぐにも中止するつもりだった。

「だけど……」

女の子は警戒していた。二人は気が気でなかった。三郎はだれか通りがかるのではないかときょろきょろし、二郎はだめならだめと、早くはっきりさせたかった。

「オモチャも買ってあるんですよ」と彼は紙包みのなかをちらつかせて「だけど、いやなら、この次にしましょう」

女の子が首をふったら、二郎はこれで打切るつもりだった。すると、女の子は車に入ってきた。

「のっけてもらうわ。待って」

六時。

走り出した自動車のなかで、二郎は紙包みからオモチャを出した。

「ほら、いいでしょう。これみんなアキコちゃんにあげますよ」

だが、出されたお人形などを見ても、女の子はあまりうれしそうな顔をしなかった。

「つまんないわ、こんなもの。みんな持ってるもの。いやだわ。あたし帰る」

と、しだいに声が大きくなった。あまり高い声になっては、怪しまれる。この場はなんとか、きげんを取らなければならない。二郎はあわてながら聞いてみた。

「じゃあ、欲しい物を言ってごらん。好きな物を買ってあげるように、お父さんから言われているんだ。さあ」

「あたし、カウボーイの帽子と、ピストルが欲しかったのよ。だけど、ママがいつもいけないって言うの。それ買ってよ。だめなら、うちへ帰らしてよ」

女の子は強情だった。女の子のくせに妙なものを欲しがる、と二郎は思った。だが、欲しい物がはっきりしたのは助かった。フランス人形をはじめ、さっき買ったオモチャがむだにはなったが、その費用は身代金に追加すればいい。それに、カウボーイの帽子をかぶせれば、顔がわかりにくくなり、安全かもしれない。

「いいとも、買ってあげますよ。おい、三郎。どこかオモチャ屋のまえで止めてくれ」

やがて、車はにぎやかな通りを走った。オモチャ屋は何軒かあったが、駐車できそうな場所のはなかなか見つからず、自動車は暗くなりはじめた街を、あてもなく回った。だが、そのうち三郎が声をあげた。

「あ、あの店ならいいでしょう」

「よし、止めてくれ。さあ、アキコちゃん、運転のおじちゃんと行って、買ってもらいなさい」

三郎は困ったような口調になった。

「え、おれが。だけど、お金が」

「それくらいあるだろう」

「ないことはありませんが」

「じゃあ、たてかえておいてくれ」

三郎は仕方なく承知し、女の子をつれて照明のあかるい店に入っていった。車に残った二郎は、前から立てておいた計画を、頭のなかでもう一回くりかえした。これまでの経過は順調だった。これからの交渉をうまくやらなくては。彼はかねて練習しておいた作り声を、口のなかでつぶやいた。

「もしもし、じつは名前なんか言うほどの者ではありませんが、おたくのおじょうさまのことで、ちょっと……」

二郎はなんとかすごみのある声を出そうと、夢中だった。身を伸ばして、バックミラーに顔をうつしながらやってみた。だが、顔のほうには、いっこうにすごみがでなかった。

「いいさ。電話に顔がうつるわけでなし、こんなところさ。要は条件をはっきり伝えればいいんだ」

こうつぶやいて、席に腰を下した時、楽しそうな女の子の声がもどってきた。

「ほら、これを買ってもらったの。いいでしょう。ばんばん」

頭にはつばの広い帽子をかぶり、胸には星形のメダルをつけ、銀色のピストルをふりまわし、口で爆発音のまねをしていた。つづいて車にもどった三郎は、つまらなそうな顔をしていた。

「けっこう高いものですよ。回収はつくんでしょうね」

「心配するな」

「火薬の紙も買えとねだられましたが、それは断わりましたよ。聞きわけのいいところもあります。さて、どうします、これから」

「ちょうど、あそこに公衆電話がある。おれは交渉の電話をかけてみる。アキコちゃんと車のなかで待っていてくれ」

二郎が出ようとしたのを見て、女の子は窓の外を指さして声をかけた。

「あたし、アイスクリームが食べたくなったわ。あそこで売ってるわよ。ねえ、買ってきてちょうだいよ」

「わかったよ。買ってくるから、あまり大声を出さないでおくれ」

二郎は公衆電話にむかっていった。車のなかでは、ばんばんという叫びが断続し、そのたびに三郎は首をすくめなくてはならなかった。通りがかりにのぞきこむ人もあったが、微笑しながら去っていった。三郎はそれを見て、いままでは無事に進んでいるらしいと感じた。

まもなく、二郎がもどってきた。正確には、いったん戻りかけ、思い出して菓子屋へ寄ってアイスクリームを買い、車に帰ってきたのだ。

「わあ、うれしい」

ばんばんいう声がやみ、アイスクリームをとかす舌の音にかわった。二郎は三郎に車を走らせるよう命じた。そして身をのり出し、面白くない表情をしながら、低い声でささやいた。

「おい、どうも困ったことになった」

「えっ、どうしたんです。非常線が張られましたか」

三郎の声は大きくなったが、アイスクリームに熱中している女の子には、べつに気づかれた様子もなかった。

「いや、じつはおたくのおじょうさまのことで……と言ってみた」

「それは兄貴の計画どおりで、困ったこともないじゃないですか。むこうはさぞ驚いたでしょう」

「それが驚かないんだ。変だと思ってそれとなく聞いてみると」

「どうだったんです、いったい」

「受話器の奥で、女の子のさわぐ声がしていた。このアキコちゃんは、ねらった家の子じゃなかったんだよ」


七時。

三郎はやっと夜らしくなった街のなかを、どこへということもなく車を走らせながら、聞いた。

「どうしますか」

「ちょっと考えさせてくれ。計画のたてなおしだ」

女の子はアイスクリームを食べ終った。そして、しばらくピストルをいじっていたが、ふいに叫び声をあげた。

「さあ、うつわよ」

つづいて車のなかに轟音《ごうおん》が鳴り、三郎はあわててブレーキをかけ、二郎は組んでいた腕をほどき、前のめりになるのを防いだ。

「三郎。どうしたんだ」

「パンクのようです。とんだ時にパンクしやがった。あのインチキの不動産屋め」

三郎は車からおり、ひとまわりしてから、ふしぎそうな顔で報告した。

「なんともありませんでしたよ。変だな」

二人は思わずピストルを見た。同時に、女の子のピストルは轟音をつづけざまにたてた。硫黄《いおう》くさい煙がたちこめた。

「アキコちゃん。その火薬はどうしたの」

「学校の男の子から取りあげて持ってたのよ。すごい音でしょ」

「やめなさい。おまわりさんが聞きつけてやってきたら、怒られるよ。おまわりさんに連れてかれるのは、いやでしょう」

だが、女の子はやめずに引金をひきつづけた。二人ははらはらしたが、さいわい紙の火薬はそんなにはなく、警官にめぐりあう前に轟音は終った。

三郎はふたたび車を走らせ、二郎はしばらく耳のあたりをなでていたが、やがて女の子に話しかけた。

「ねえ、アキコちゃん。アキコちゃんのおうちはどこなの。おじちゃんたちは、さっき乗った家のおじょうちゃんとばかり思ってたけど、ちがうんじゃないの」

「そうよ。ちがうわ。知らなかったの」

「おじちゃんたちは、そうとばっかり思ってたよ。それじゃあ、おうちに言っとかないと、心配してるでしょう。電話をかけなくては。お父さんの名前はなんていうの」

女の子は目をぱちぱちさせた。そして、答えた。

「横沢っていうのよ。お船の会社をやってるの」

「すると、あの有名な……」

二郎と三郎は同じようにうなずいた。海運業界で名の通っている横沢の名は、二人とも知っていた。計画を変更しなくてはならなくなったが、これなら、そうちがいはない。

「おい、三郎。人通りが少なくて、公衆電話のある所でとめてくれ。アキコちゃんのうちに連絡しなくてはならない」

三郎はあちこち車を走らせ、とある公園のそばに適当な場所を見つけて停車した。二郎が出てゆくと、女の子は提案した。

「ねえ、おじちゃん。インディアンごっこをしない」

「どんな遊びだか、よく知らないよ」

「かんたんよ。これが駅馬車なの。おじちゃんがインディアンで、襲ってくるのよ。ねえ、やりましょうよ。男の子たちがやってるのを見ると、面白そうよ」

三郎は頭をかいたが、ここで泣かれたり、逃げられたりしたらなお困る。幸い人通りもなさそうなので、外へでて奇妙な声をたててみることにした。女の子はすっかり喜び、熱中し、ドアをあけたりしめたりしはじめた。手をはさみかねない。三郎はあわててもどり、なんとかなだめて中止させた。そんなことでけがでもされたら、万一のときに傷害の罪が加わり、その反証をあげることにてこずる。

まもなく、二郎がもどってきた。三郎が自動車を走らせはじめると、女の子が聞いた。

「お父さん、なんて言ってた」

二郎は苦い顔をしながら答えた。

「うちの子供のことなら、ほっといてくれってね。金なんか一文も出せないとさ」

三郎は驚いたように聞いた。

「どういうわけなんです、それは」

「うちの金を持ち出して遊び歩き、困りきっているそうだ。これ以上、道楽息子のめんどうは見きれないとさ」

「あたしのこと、なんて言ってた」

と、女の子が口を出した。

「うちには、アキコなんて娘はいませんとさ」

女の子は面白そうに笑って、

「なんだ、その人のうちには、女の子はいなかったのね」

「ねえ、アキコちゃん。どうしてちがう人をお父さんだなんて教えたの。どこで横沢なんて名を覚えたの」

「いつか道で名刺を拾ったのよ。この人のうちには、あたしぐらいの女の子がいるのかなあって、前に考えたことがあったのよ」

二郎はがっかりしたような表情になった。三郎もそうらしく、自動車の速さが急にのろくなった。女の子もその空気を察したらしく、少ししおらしい声になった。

「ごめんなさいね」

「いいよ。だけど、おうちで心配してるでしょう。本当のお父さんの名前を教えておくれ」

「また、アイスクリーム買ってくれる」

「買えば教えてくれるね。おい、三郎。ここまで来たらしかたがない。アイスクリームを売っていそうな店をさがしてくれ」

スピードをあげ、ハンドルをまわす三郎に、女の子はこう声をかけた。

「ラジオでもつけない。音楽が聞きたくなっちゃったわ」

三郎はウエスタンの出てこないのを祈りながら、前についているラジオのスイッチを入れた。さいわいムードミュージックだった。だが、女の子はそれにあわせて、高い声をはりあげた。

とつぜん、音楽が中断して、アナウンサーの声となった。

〈……ちょっと放送を中断して、緊急のお知らせを申しあげます。八つぐらいの女の子が行方不明になりました。服装は……〉

「あら、あたしのことを言っているわ」

と、女の子が言い、二人がラジオの告げるのとくらべると、その通りぴったりだった。三郎はブレーキを入れ、二郎と顔を見あわせた。すでに警戒網がしかれたのかと、まっさおになった。だが、アナウンサーの次の言葉は、警戒網以上の驚きを二人に与えた。

〈……至急にさがし出すよう、みなさんの協力をお願いします。彼女は特殊な病気にかかっているようです。病院に連れていって、診断させようとする少し前にいなくなりました。伝染性の病気の可能性もあります。その場合の被害を食いとめるため、一刻も早く……〉

八時。

「伝染病とは……」

二人はこわばった表情で顔を見あわせ、女の子を横目でながめた。あどけない笑い顔を浮かべているこの子が、わけのわからない病原菌を発散しているのだ。しばらく二人とも口をつぐんでいたが、二郎がやっと話しかけた。充分に間隔をとりながら。

「ねえ、アキコちゃん。病気にかかってるのなら、早く言ってくれればよかったのに」

「だって、お医者さん、きらいなんですもの。あたし、病院へ連れてくってママたちが話してるのを、聞いちゃったの。そこで、こっそりおうちから逃げ出したのよ」

「あの辺を歩いていたのは、そのためだったのか」

「ええ、おうちへ戻ったら、病院へ連れてかれちゃうでしょう。だけど、お友だちのうちへ行ったんじゃ、すぐわかっちゃう。どうしようかと思ってたとこだったの」

「そこにこの自動車が止まったというわけか」

「ええ。乗っけてもらって、助かっちゃったわ」

「とんでもない話だ。いいかい、さっきも話したように、おじちゃんたちは別のうちの子とまちがえたんだよ。さあ、おうちへ送ってあげるから、おとなしく帰りなさい」

「いやよ。帰りたくないわ」

「いい子になりなさい。さあ、おうちはどこなの」

「いや。教えない。アイスクリームを買ってくれなくちゃ、教えないわ」

「冗談じゃない。こうなったら、そんなことをしているわけにいかないよ」

「うそつき。だから、はじめに、いやな所に連れてかないって、約束してもらったじゃないの。それなのに、病院へ連れてこうとするなんて。うそつき。ばか」

女の子は大声でわめきはじめたが、むりに口を押えるわけにもいかなかった。病原菌がどこから飛び出てくるか、見当がつかないのだ。

いまは少しでも早く、この気味の悪い女の子を追い出さなければならない。といって、そのへんにほうり出すのもかわいそうだ。仕方がない、はじめに乗せたあたりでおろせ、と二郎は三郎に命じた。

車は速力をあげ、街灯がうしろに流れた。

「ねえ、アキコちゃん。からだのぐあい、どんななの」

「知らない。なんともないわ」

二郎はこわごわ聞いたが、答えは要領を得なかった。やがて、はじめの住宅地あたりまできた。二郎は三郎に言った。

「あそこに交番がある。おまえはあそこにアキコちゃんを渡してこい。早いとこたのむ」

「え、おれがですか」

三郎はいやな声で返事をした。だが、いつまでも乗っていられては、なお困る。三郎はやっと決心したが、女の子のほうは決心しなかった。

「いやよ。もっと乗っけてよ。さっきは、あんなに乗りなさいって、すすめたくせに」

「まあまあ、いい子だから。また今度、たくさん乗っけてあげるから」

なんとかなだめながら、三郎が手を引いて、交番のほうに歩いていった。あとに残った二郎は四つのドアを全部あけて、風通しをよくした。病原菌を残らず出してしまうことに努めたのだ。それから彼は、タバコに火をつけ、大きく吸った。タバコの煙が体内の病原菌を追い出してくれるかもしれないと考えたのだった。

やがて、三郎は運転台にもどってきた。ごみを払い落すかのように、手をたたいていた。二郎はあけておいたドアをしめ、前の席に移った。三郎はあの女の子から早く離れようとするかのように、車をスタートさせた。二郎が聞く。

「どうだった」

「巡査も驚いていましたよ。そのすきに、こっちは逃げてきました」

「そうか。よかった。だが、逃げることもなかったろう。べつに、まだ悪いことをしてないんだから」

「しかし、きょうは悪事をたくらんだ日ですからね、巡査は苦手です。それに、巡査のほうもあわてて、おれの名前を聞くどころじゃなかったんですよ。だが、まったく、とんでもない女の子だった。ひでえものだ。あの子の親の顔を見てやりたい。どんな野郎だろう」

「まあ、そう怒るな。相手は小さな女の子だ」

「いえ、怒るつもりはありませんが、おれたちはどうなるんです。病気がうつってしまったかもしれない。死ぬことになるんじゃないですか。老後の心配がなくなりはしますが、死んでしまうんでは……」

「そう心配するな。伝染病といっても、ハシカのように子供に限るやつもある……」

と、二郎は言ったものの、内心ではやはり気になった。もちろん、医者に申し出れば解決はつくだろう。だが、あとになって、女の子の話とか、脅迫まがいの電話のあったことを思い出した二軒の家の話とかを結びあわされると、誘拐をたくらんだ疑いをかけられてしまう。どうにも動きのとれない立場にあった。

「兄貴。そのへんの薬屋で消毒薬でも買ってきて、まきましょうか」

「そうだな。しかし、どんな病気だかわからないんだから、どんな消毒をしたものかもわからないぜ」

「じゃあ、電話をかけて聞いてみましょう。電話なら、こっちがだれだかわからないですむ」

「だがな、アイスクリームを買わなかったので、あの子の住所はわからずじまいだ。

電話のかけようがない」

「なんとかならないんですか」

と、三郎は哀れな声を出した。二郎はうつむいて考えていたが、その目の先にラジオがあった。

「いいことがあった。放送局に電話をかけて聞こう。あんなことをアナウンスしたんだから、そのごのニュースを伝える義務があるだろう。おい、そこのタバコ屋に赤電話がある」

「たのみますよ。あ、ついでにタバコを買ってきて下さい。ピストルなんか買わされて、金がなくなってしまった」

と、三郎はブレーキをかけた。やがて、電話をかけ終って、二郎がもどってきた。

「話は通じたよ。そら、タバコだ」

「どうなりました」

「その問い合せはずいぶんあるから、その後の結果を至急に調べて、ニュースで伝えるそうだ」

「それまでは、うちに帰るわけにもいきませんね。じゃあ、下町のへんでも、ゆっくりドライブしていましょう」

三郎は車を走らせ、ラジオのスイッチをいれた。モダンジャズが流れ出て、二人には苦手な音楽だったが、スイッチを切るわけにはいかなかった。

二人は少し空腹を感じたが、車を下りてニュースを聞きのがすわけにもいかなかった。二郎がパン屋をみつけ、買ってきたカレーパンを、二人は車のなかで食べた。缶入りジュースを半分ずつ飲む。

やがて、待ちかねたニュースが、その後の経過を告げはじめた。三郎は車をとめた。

〈……さきほど行方不明とお伝えした子供は、ぶじに見つかりました。親切な紳士によって、オモチャを買ってもらい、交番に連れてこられました……〉

「おい、おれが親切な紳士とは、悪い気持ちじゃないな」

と、三郎がつぶやいた。ニュースは先に進んだ。

〈……ただちに病院に運ばれ、精密な診断をした結果、伝染性の病気でないことが判明いたしました。症状は背中の湿疹状のものでしたが、これは細菌性のでなく、体質によるものとわかりました……〉

二人はほっと息をつき、顔を見あわせた。

「よくわからないが、伝染病でないことはたしからしい。まあ、よかった」

「たしかに、あの子の体質は少しおかしいですよ。そうでなくては、あんな妙な性質にはならないでしょう。しかし、あんな子を作った親はどんなやつだろうな」

と、三郎はラジオを切ろうとした。だが、ニュースはそれで終りではなかったので、スイッチを切るのを待った。

〈……治療には輸血が必要ですが、アキコちゃんのは特殊な血液型で、ふつうの血液銀行のものでは間にあいません。病院でも困っております。ただいま録音してまいりました、母親の訴えを放送いたします……〉

つづいて、女の人の声が入ってきた。

〈……どなたか、その血液型のかたがおりましたら、どうか……〉

その声を聞いたとたん、三郎はからだをふるわせ、驚いたような声をあげた。

「あ、この声おれが一時、いっしょに暮した夏子という女の声だ。すると、さっきのアキコちゃんは、おれの子だったんだ」

十時。

窓のそとでぐるぐる回っているネオンを見つめながら、三郎は深く息を吐いた。二郎は彼をひじの先でつついて話しかけた。

「たしかかい、おい。女の名前をよく聞かなかったが、人ちがいだってあるぜ」

「いや、あの声にまちがいない。おれはあの夏子という女と、しばらくいっしょに暮していたんだ。しかし、あまり浮気なのですぐに別れてしまった。数えてみると、その別れた時に、さっきのアキコちゃんを身ごもっていたんだ」

「だが、たしかかな」

「そうとも。どうも他人のような気がしなかった。あんなすなおな、かわいい、元気な子はめったにいるものではない。おれの子にちがいない」

三郎はしだいに興奮した口調になり、二郎はそれを止めようがなかった。

「それで、どうしようというのだ」

「これから、あの子のいる病院に寄りたい。おれは、あの浮気者の夏子を許しはしない。しかし、あの子にはなにかしてやりたい。親としてできるだけのことをな。そして、あの子はいま輸血を必要としているんだ。父親なら、その血液型というやつも合うだろう」

「そういうこともあるかもしれない」

「兄貴、病院へ寄ってもいいだろう。女の子を車に連れこんだことは誘拐かもしれないが、それが自分の子供だったんだから、罪になることはないだろう」

「まあ、そうなるわけだな。妙なことになったものだ。出かける時には、こんなことになろうとは夢にも思わなかった。こんな偶然がおこったのも、親子の縁とかいうわけだろうな。病院に寄ってもいいぜ」

自動車はさっきラジオが告げていた病院にむかった。

「三郎。おまえが女といっしょに暮したことがあったとは、知らなかったぜ」

「夏子はバーにつとめていて、そこで知りあった。だが、どうも浮気なので、すぐに別れてしまったのさ。あまり体裁のいいことじゃないので、兄貴にも話さないでいたわけだ」

まもなく、車は病院についた。夜はふけていたが、その玄関は明るかった。

「じゃあ、行ってくる」

「おれはここで待ってるからな。あまりおそくなりそうだったら、ちょっと知らせてくれ。さきへ帰るから」

「そうしよう」

と、三郎は車からおりた。そして、人生に一つ残っていた生きがいを見つけたかのように、踊るような足どりで玄関を入っていった。それを見送り、二郎は首をかしげながら、またタバコに火をつけた。

三郎はわりに早く戻ってきた。二郎はそれを見て聞いた。

「どうだ。おそくまでかかりそうか」

「いや、もうすんだんだ」

と答える三郎は、なぜか浮かぬ顔をしていた。

「どうしたんだ。元気がないな。血をとられたせいか」

「いや、血をとられなかったせいさ」

「どういうわけなんだ」

「血液型があわないのさ。おれは念を押して聞いてみたんだ。すると、この血液型では親子などということはあり得ません、と説明された。おれもまぬけさ。おれの子じゃなくて、浮気の相手との子供だったんだろう。どうりで、すぐ別れるのに同意したはずだ。まったく、夏子という女は勝手なやつだ。あのアキコという子供も、出ませをしゃべる、こましゃくれて変な子供だったじゃないか。浮気の相手が、よほど変な男だったにちがいない。さあ、帰ろう。こんなついてない夜は、早く切りあげたほうがいいんだ」

三郎はぶつぶつ文句を言いながら、エンジンをかけた。二郎はそれをとめた。

「ちょっと待ってくれ」

「なんです。もう、用はないでしょうに」

「それがな。どうもおまえには言いにくいことなんだが、その、バーの夏子という女とはおれも何回かつきあったことがあったんだ。さっきから考えているうちに、あのアキコちゃんがおれの子のような気がしてきた。おまえには言うまいと思ったんだが、このまま見捨てて帰る気には、どうもなれない。すまん。おれの血をあの子にやってくる」

十一時。

三郎はそれを聞いて、ハンドルの上に顔を伏せた。

「ひでえ話だな。あの夏子のやつの浮気の相手が、こともあろうに兄貴だったとは。ほかのやつならひっぱたいてやるが、兄貴じゃあ、そうもいかない。まあいい。八年も昔のことだ。おれはここで待ってるから、行ってきてもいいぜ」

「すまん。言い訳と埋めあわせは、あとでゆっくりする」

と、二郎は車を下り、病院のなかに入っていった。三郎は面白くない顔でそれを見送っていたが、気をまぎらそうとラジオのスイッチを入れた。景気のよい音楽でも流れ出てくれることを期待したのだが、不実な女をうらむ歌詞の歌謡曲が、歌手のぞっとするような歌い方で飛び出してきた。

三郎はあわててスイッチを切り、前部の席の上に横になった。しばらく目をぱちぱちやっていたが、そのうちさっきからの疲れがわいてきたためか、あくびをくりかえし、目は閉じたままになった。

「おい、起きてくれ。帰ろう」

二郎の声に三郎はあわてて身を起こした。そのとたん、ハンドルのはじに頭をぶつけ、顔をしかめた。時計は十二時を過ぎていた。

「あ、兄貴。すんだのですか」

「ああ、待たせてすまなかった」

と言う二郎は、なぜか元気がなかった。

「元気がなくなりましたね。血をとられたせいですか」

「ああ、血をとられた上に、力まで抜かれてしまったような気がする」

「なぜです。自分の子供にめぐり会え、血を与えることができたんですから、もっと喜んでいいでしょうに」

「まあ、聞いてくれ。おれの血液を調べたら、合っていた。それですぐに採血してもらった。アキコちゃんという子は、これで全快するそうだ」

「よかったじゃないですか」

「採血がすんだ時に、アキコちゃんの母親が部屋に入ってきた」

「おれは会わないで出てしまった。それで夏子のやつはどうでした。なつかしかったでしょう」

と、三郎は吐き出すように言ったが、二郎は手を振った。

「なつかしいもなにも、はじめてあった女だ。あれは夏子じゃないよ。たまたま血液は合ったが、アキコちゃんとおれとは、なんの関係もない、よその子だったというわけさ。あまりばかばかしいので、いいかげんで出てきたところさ。さあ、帰ろう。血をとられただけ損した」

「ええ」

三郎は車をスタートさせた。そして、郊外の家への道をたどった。

自動車は速力をあげたが、二人のあいだには気まずい空気がただよっていた。なんの関係もないことのために、二人の過去から夏子という女のことが掘り出されてしまったのだ。二郎は押し出すような声で、気まずさを打ち破ろうとした。

「三郎、おまえには悪いことをしたよ。おれは、夏子がおまえといっしょになっていたとは、まったく知らなかったんだ。かんべんしてくれ」

だが、三郎の声はすっきりしなかった。

「いいですよ。もう、ずっと昔のことなんですから」

「しかし、おまえがあの、バー・レイの夏子といっしょになっていたとはな……」

「え、バー・レイのじゃありませんよ」と、三郎の声は晴れやかになり「兄貴はバー・レイの夏子のことと思ってたのですか。ちがいますよ。べつのバーの夏子です。あんな気の抜けたような女は、はじめから、こっちで敬遠でした」

「おいおい、おまえはそういうが、あの夏子だって、ちょっといいところがあったぜ」

「あ、そうでしたね。兄貴が言い寄ったんだから。これは失言でした」

「まあ、いいさ。おれもそれきりだし、なにしろ、昔のことなんだ」

二人の間のわだかまりは消え、同時に笑い声をあげた。

「その問題はこれで終りですね、兄貴。だけど、計画どおりなら、いまごろは金を持って帰れるところだったのにな。まったく意味のない日だった」

「意味がないどころか、おれは血をなくした」

「そうそう。おれはオモチャの金を損してしまった。アキコちゃんに買ってやった帽子とピストルの代金だ」

二人はさっきまで、そばでてこずらせていた女の子が、いまではなつかしく思えてきた。

「まあ、いいさ。おれだって血をやってきたんだ。しかし、そう残念とも思わない。面白い子だったじゃないか」

「そうでしたね」

「あの子には父親がないらしいんだ。それなのに、おれたちは父親の名を言わせようとした。考えてみれば、かわいそうなことだった。うそをつきたくなったのも、むりもないな」

「そういえば、どこかさびしそうなところもありましたよ。この車にもっと乗っていたがったのも、病院がいやなためだけじゃなかったかもしれませんね。おれたちと遊んでいたかったのかもしれない」

二人は静かに話しあい、夜中の道に車を走らせた。ネオンの光はまばらになっていた。

その時、うしろから近づいてくるパトカーのサイレンの音を聞いた。

「なんだろう。しかし、きょうのところはこっちに関係ないでしょう」

「だろうな。だが、万一の場合にそなえて、にせのナンバーをつけたままだぞ。こんな時になって、その万一が反対の効き目をあらわしたらつまらん」

「大丈夫ですよ。べつにスピード違反をしているわけじゃありません。この車じゃ、それほどスピードを出せないんです」

こう言いながら、三郎は車を道の片側に寄せ、ブレーキをかけ、パトカーをやりすごそうとした。だが、サイレンの音もスピードをゆるめ、近よってきてそばに止まった。

二人はがっかりしたような顔になった。なんという運の悪い夜なのだろう。パトカーから下り、近づいてくる警官の足音を聞きながら、二人は大きくため息をもらした。

十二時半。

二郎は窓から首を出し、そばに立った警官に言った。

「どうしたんです。スピードは上ってないし、信号はちゃんと守ってきましたよ。それに、悪いことなんか、計画したことさえありませんよ」

「いや、そんなことで追っかけてきたのじゃありません。ご婦人のかたにたのまれて追ってきたのです。あのかたです」

警官が示すとおり、パトカーから一人の女がおりてきて、そばに立った。二郎がさっき病院で会ったアキコちゃんの母親だった。彼女は息を切らせながら頭をさげた。

「さきほどは取り乱していて、ほんとに失礼いたしました。大切な血をいただきながら、お名前もおうかがいしなくて。気がついてかけ出したのですが、ほんの少しのところで自動車が出てしまって。番号を書きとめましたので、あとでお送りしてもと思いましたが、ちょうどパトカーが通りましたので、思わず呼びとめ、わけをお話ししておたのみしましたの。追いついてよかったですわ」

「そうでしたか。しかし、こっちのことはご心配なく」

「おかげで、アキコも全快するでしょう。事情があって、あの子の父の名前は申しあげられませんが、これはとりあえず、あたしからのほんのお礼の気持ちですから」

と、彼女は押しつけるように、紙の袋を車のなかに差し入れた。だが、二郎にとってはにせのナンバーのほうが気が気でなかった。そばの警官は退屈そうにあたりをぶらついている。

「なんだか知りませんが、それじゃあ、いただいておきましょう。アキコちゃんをお大事に。おい、行こう」

二郎は三郎をひじでつついてうながした。自動車はふたたび進みはじめた。バックミラーで見ると、女の乗ったパトカーはむきを変え、遠ざかっていった。

それを見きわめ、三郎はほっとして言った。

「ああ、ひやひやした。どうなることかと思いましたよ。帰ったら、ナンバーをすぐに戻しましょう。ところで、いまのがアキコちゃんの母親なんですか。きれいな人でしたね。おれたちの夏子などより、はるかにきれいだ。しかし、どうして父親の名前を言いたがらなかったんでしょう」

「おおかた、金持ちの二号かなんかだろうな」

二郎はこう言いながら、紙の袋をのぞき、驚いた声をあげた。

「おい、ずいぶんな札束が入っているぜ」

三郎も横目でのぞきこんだ。

「すごいじゃありませんか」

「きょうの計画は、おまえと山分けの約束だった。半分はやるよ」

「しかし、問題の血は兄貴のだ」

「いいよ。おまえがいなければ、ことはここまで運ばなかった。半分はおまえのものだ」

二郎は札束を数えて二つに分け、三郎のポケットに押しこんだ。

「じゃあ、もらっときますよ。だけど、変なもんですね。こんなことで金が入るとは。

まともに犯罪をやろうとしても、うまくゆかず、あきらめかけると、金が入ってくる」

「しばらく遠ざかっているうちに、世の中がどうかしたんだろうよ。おれたちは悪人のつもりでいても、いまの都会はそれ以上にごたごたして、わけがわからない。もう、おれたちの仕事をする場所ではないな。おれはあしたにでも、幼稚園の話の人の家に寄って、くわしいことを聞いてみるとするかな」

「おれもこの自動車を売りに出して、スーパーの警備員のほうを聞いてみますよ。都会でひとかせぎなんて、とてもできそうもない」

二人はしばらく黙っていたが、やがて三郎のほうがぽつりと言った。

「あの、アキコちゃんて子の父親ってのは、どんな人なんでしょうね」

「わからんな。もしかしたら、最初にねらった家の主人じゃないかな。おれが様子を見に行った時にいた子に似ていたもの。だからまちがえたのかもしれない。こんなお話はどう思う」

「きのうだったら、あまりうますぎて、ばかばかしいと笑ったでしょう。しかし、いまは笑いませんよ。今夜の都会はまるで一つの生物となって、おれたちを迎え、送りかえしたようだ。そんな気がしませんか。……あ、もうすぐですよ。兄貴の家は」

前のほうに小さな林が黒く見えた。
午前一時。

臨終の薬

静かな夜。エム博士は自分の部屋で、ひとり机にむかって本を読んでいた。すると、窓の開く音がした。

「おかしいな。近所の家のネコだろうか。それとも……」

こうつぶやいてふりむくと、拳銃《けんじゅう》をかまえた男が、部屋のすみに立っている。博士は声をかけた。

「だれだ。強盗か」

「そんなおだやかなものではない。強盗なら、覆面ぐらいしているはずだろう」

よく見ると、その通りだった。

「なるほど。だが、わたしが人相を覚えて、あとで不法侵入を警察に訴えたらどうする」

「そんなよけいな心配はしなくていい」

「強盗でないとすると、いったいなんだ」

「もっと悪いことだ。おれの顔をよく見ろ。見おぼえがあるはずだ」

と、男はさらに近よってきて、電灯の光に顔をさらした。博士は低く叫んだ。

「あ、おまえだったのか」

「そうだ。たまたま、きさまに犯行を目撃されたおかげで、おれは刑務所で十年もすごすことになった。だが、やっとときのう釈放になったので、まっさきに、そのお礼をしにきたのだ」

「それなら、なにもわざわざ、やってくる必要もなかっただろう。電話か手紙でもすむことだ」

「なにをのんきなことをいう。仕返しにきたのだ」

「すると、わたしをなぐろうとでもいうのか」

「その程度のなまやさしいことでは満足できない。殺しにきたのだ」

それを聞いて、博士はあわてた。

「冗談だろう。そんなことをしてみても、なんの益にもならないはずだ」

「いや、本気だ。益はある。少なくとも、おれの気分はすっきりする。それで精神が爽快《そうかい》になれば、健康にも良い。十年ぐらい長生きできるだろう。きさまのおかげで失った年月が、とりもどせるという計算になる」

「妙な理屈を考えついたな。しかし、そんな無茶はせず、思いとどまってくれ」

「だめだ。おれは必ず実行する決意だ。この拳銃には弾丸が入っている。あとは引金をひくだけのことだ。映画や小説だと、こんな時にうまく邪魔が入るが、実際には、めったに起りえないことだぞ」

エム博士は、力なくうなずいた。殺しにきたというのは、うそでないらしい。また、教えられるまでもなく、こんな夜ふけに、偶然だれかが訪れてくることは、期待できない。

「どうたのんでみても、見のがしてくれそうにないな」

「もちろんだとも。手むかいをしても、逃げようとしても、効果はないぞ」

「わかった。もう、じたばたはしない。覚悟をきめた」

「そうでなくてはいけない。感心した。その立派な態度に免じて……」

「助けてくれるのか」

「とんでもない。殺すことだけは忘れないぞ。しかし、うつのを五分間だけ待ってやろう。そのあいだに、酒でもタバコでも、この世の別れに味わっていい」

「わたしは酒もタバコもやらない。しかし、好意に甘えて、この薬を飲みたい。いいだろうか」

　博士は机のはしにおいてあるビンを指さした。黒っぽい液体が入っている。相手は首をかしげながらいった。

「そっちこそ、妙な理屈をしゃべるじゃないか。殺される寸前に飲む薬など、考えられない。まさか、不死身になる作用を持った薬というわけでもあるまい」

「いや、その反対だ。死ぬ薬だ。わたしが長いあいだかかって研究し、やっと完成したものだ。どうせ死ぬのなら、これを使って死にたいものだ」

「新しい毒薬を発見したというわけか。しかし、だまそうというのじゃないだろうな」

「疑うのなら、自分で飲んで、たしかめてみたらどうだ」

「とんでもない。しかし、うそかどうかは、まもなくわかることだ。それで死ななければ、あらためて殺してもいい。まず、飲んでみせろ」

　博士はビンの薬を口に入れた。やがて、息づかいが苦しげになってきた。男は油断せず、じっとその様子を見ながらいった。

「まだわからん。芝居かもしれないぞ。しかし、これで死んでくれるとありがたい。自殺ということになり、問題は解決だ」

　そのうち、博士の顔色は青ざめ、汗がわき出した。口からは泡《あわ》を吹き、手でのどをかきむしりはじめ、うめき声で訴えた。

「苦しくてたまらない。ひと思いに、その拳銃でうってくれ」

「だめだ。殺人の証拠を残さないですむのだからな。どうやら芝居ではなさそうだ。大いに苦しむがいい」

博士はさらにもがき、椅子《いす》から床に倒れ、からだを激しくふるわせた。だが、その動きもしだいに弱まり、首をたれてぐったりとなった。それをひややかに見おろしていた男は、身をかがめ、博士にさわった。

「冷たくなった。死んでしまったようだ。これで、おれも本望をとげたというわけだ」

そして窓から、ふたたび夜の闇《やみ》へと帰っていった。

三十分ほどたつと、倒れていたエム博士は、むっくりと起きあがって言った。

「わたしの薬の作用は、じつにすばらしい。ある種の昆虫や動物は、強い敵に襲われると、外見は完全に死んだふりをする。それにヒントを得て、人間に応用できるように作った薬だ。こんなに見事な効果なのに、どこの製薬会社も、ばかげているといって、この成果を買上げてくれない。この通り、わたしの貴重な人命が助かったではないか。宣伝ばかり大げさな栄養剤なんかより、どれだけ確実だかわからない」

あとがき

作品というものは、読者に面白かったと感じていただければそれでいいのだし、そうあるべきだと考えている。

どうすれば、そう仕上がるか。なんて書き加えるのはやぼだし、よけいだし、いやらしいと思う人もいよう。しかし、参考のために聞いておくかという人もいるかもしれない。

とにかく、私はひとつの方針をつらぬきつづけている。われながら、自己に忠実だなとみとめるほどに。それはなにか。

いわゆるショートショートを含めて短編を書く時、時事風俗に関連のあることは、つとめて書かないことにしている。日本の作家のなかでは、珍しい存在ではなかろうか。あるいは、世界でもまれかもしれない。もっとも、外国の場合、社会の変化が日本ほど急激でないので、目立たないといえる場合もある。

本書のなかの作品が、いつごろ書かれたか、見当がつきますか。答えは出ている。

新潮文庫では最初に刊行された年月日と出版社を、終りのページにのせることにしているのだ。おさがしになればわかる通り、昭和四十一年二月に出た本。

五年前だよと言えば、そうかとうなずく人だっているだろう。社会背景を描いてないからだ。その時代を生きてきたのだから、知らないわけではない。あえて書かないのだ。

これらの作品は、昭和四十年に書かれたものが、ほとんどである。その前年には、新幹線が東京大阪間に開通し、東京でオリンピックが開催された。ビートルズの人気上昇とともに、エレキギターが若者に普及し、ブームとなり、社会問題となった。私の作風、あるいは個人的にかかわりのある作家、江戸川乱歩、谷崎潤一郎、高見順の各氏がなくなられた年でもある。

ベトナムでは戦乱がつづいており、中国では文化大革命がはじまった。日本の総理大臣は佐藤栄作。

どの程度おわかりだろうか。岩波書店の『近代日本総合年表』を見ながらなので、その気になれば、いくらでも引用できる。そうだったなあと、なつかしい。その年に三人の作家が直木賞をとっているが、名前をあげてもしようがあるまい。私とは別な次元のことである。

文学的評価より、読者のためにと書いてきた。面白がってくれれば、執筆する私にとっての喜びでもあり、満足でもあるのだ。邪道といわれようが、それを目標としている。

そのためにだが、私は機会があるたびに、作品に手を入れている。時代に密着した風俗小説だったら、やるべきではないし、不可能でもある。

しかし、私の短い作品は、発想と物語性が命なのである。それをいかすためには、部分的に手を加えてもいいだろう。いや、すべきだと思うのだ。著作権は私にあるのだし。

いくら時事風俗を書かないつもりでも、予想外に社会が変ってしまうこともあるのだ。東京から安全地帯が消えて、もうずいぶんになる。ためしにと調べたが、百科事典にもこの項目はない。わからない人が大部分だろうが、都市の電車のあった時代の、その乗り場のことである。たぶん、手直しの最初は、その部分だったろう。

はじめに、読者に面白がっていただくと書いた。そのためには、まず、なにがどうなったのか、わかってもらわなければならない。「この安全地帯って、なんだ」と考え込まれては、私としても困るのである。

「電話のダイヤルを回す」や「ウイスキーのグラスを重ねる」といった表現には、かつてそれなりのムードがこもっていた。しかし、主人公が古風な趣味の人と思われては、これまた困るのだ。

批判する人もあろうが、これが私の信条なのだから仕方ない。子供のための歌の「春の小川」だって、昔は〈さらさら流る〉だったが、いまでは〈さらさら行くよ〉と変った。時計が秒をきざむ音も、いつのまにか耳にしなくなった。まあ、なかには手直しのきかない部分もないことはないけど。

これらの作業を、私は好きである。わかりにくさや誤解を、少しでもへらせるだろうと思うからだ。これをくりかえしているうちに、私の作品は限りなく民話に近づいてゆく。たくさん書いてきたが、古典となって残るのはないだろう。しかし、民話としていくつかが読みつがれれば、これ以上のうれしさはない。

ある時期、作家となったからには、ライフワークなるものを書かなくてはと考えたこともあった。しかし、ひとつの見方だが、これらのショートショート群こそ、ライフワークというべきかもしれない。これだけの年月と手間を費した作品なんて、ほかの人のにあるだろうか。

昭和六十年六月

解説

横《よこ》田《た》順《じゅん》彌《や》

「こんちは！」

「おお、来たな。待っていたよ」

「至急来いっていうから来たけど、なんの用だい？」

「うん。ぜひ、協力してもらいたいことがあってね」

「協力？　まあ、俺とおまえの仲だから、頼まれれば、いやとはいえないが、なにに協力するんだ？」

「実は、星新一さんの『エヌ氏の遊園地』の解説を書く手伝いをしてもらおうと思ってね」

「なに⁉　星さんの作品集の解説？」

「うん」

「おいおい、本気なのか⁉　星さんの作品集の解説は、前に一度書いて失敗してるじゃないか。えーと、あれはたしか『地球から来た男』だったな」

「そうだった」

「そうだったって、のんきなことといってる場合じゃないよ。あの時は、解説を依頼されて、喜んで引き受けたはいいけど、思っていることがどうしても文章にならず、結局、舌たらずになってしまい、星さんにも読者諸氏にも迷惑をかけたこと、忘れちゃったのかい？」

「いや、忘れてはいないよ。俺もあれから、ずーと、そのことで悩んでいたんだ。そしたら、今度また解説をという話が編集部からきたんで、よし、いっちょう名誉挽回《ばんかい》をしてやろうと引き受けたんだけど、いけなかったかな」

「なにが、いけなかったかなだ。いけないに決まっているじゃないか。名誉挽回どころか、また、恥をかくことになるんだぞ!!」

「決めつけるね。やってみなきゃわからないじゃないか。あんがい、うまく書けるかもしれないよ」

「書けるわけないだろ。初めての時でさえ、あれだけ苦労したんだぞ。そりゃ、前に書いた解説を、もう少し要領よく書きなおせっていうんなら、これはまあ、なんとかなる。しかし、まったく、新しいことを書くとなるとそうはいかない」

「前と同じ内容じゃまずいかな。出版社がちがうんだし、わかりゃしないだろう」

「な、なんということを……。おまえは、そんな安易な気持ちで解説を引き受けたのか⁉　冗談じゃないよ」

「じゃ、どうしよう？　断ろうか」

「ああ、できることなら、そうしてもらいたいね。でも、いまさら、そんなことできるわけないだろ。なんか考えなきゃ」

「よろしく、頼むよ」

「まったく、いつも、俺はおまえの尻《しり》ぬぐいばかりさせられるんだから、かなわないよ……」

「ま、そこをなんとか」

「わかったよ。とにかく、あとには引けないんだ。おまえの恥は、すなわち俺の恥だからな。なにか考えよう。といっても、星さんと俺たちのかかわりあいについては、すでに書いてしまったし、作品紹介は星さんの小説には不要だし……」

「星さんの人物についても、もう、たくさんの人がいろいろ書いているしなあ」

「『エヌ氏の遊園地』というタイトルにちなんで、エヌ氏の分析というのをやってみようか？」

「分析って、どんなことをやるんだい？」

「そう。星さんの作品には、エヌ氏という主人公の登場するものが多いけれど、いったい、何作ぐらいあって、どんな性格で、どういう生活をしているのかといったようなことだよ。いうまでもなく、それぞれの作品のエヌ氏は別人なんだけど、そこをむりにこじつけて、その正体を割り出そうというわけだ。もしかすると、そこから星さんとエヌ氏の共通項みたいなものが見つけだせるかもしれない」

「なるほど、それはおもしろそうだね。エヌ氏イコール星さん説か」

「おまえがおもしろがってちゃだめなんだよ。俺たちは分析する側なんだからね」

「ああ、そうか。ところで、さっそくだけど、そのエヌ氏の登場する作品て、全部で何篇《なんぺん》ぐらいあるんだい？」

「うん。はっきりした数は俺もしらないけど、百三十作品ほどあるみたいだよ。星さんの全作品の一割強だね」

「ふーん。ずいぶん、たくさんあるんだな。それだけ星さんが、このエヌ氏に愛着を持っているということかな。それにしては、エヌ氏というのは、なんとも、そっけない名前だけど、これを星さんが多用するのは、なにか理由があるのかい？」

「うむ。いいことを聞いてくれた。もちろんある。俺たちの小説の主人公たちみたいに、なんにも考えずにいいかげんにつけられたんじゃなくて、これはきちんと計算されてつけられた名前なんだ」

「へえ」

「かつて星さんは、その命名について、こんなエッセイを書いているよ。〝――アルファベットをあれこれ使っているうちに、エヌ氏に落ち着いた。発音もしやすいし、さりげなくていい。なぜN氏にしないのかというと、アルファベットの大文字というやつは、日本文にまざると目立ちすぎ、印象が強く、私の意図に反するからである。かくして、エヌ氏を多用することになった。私の目標はストーリーによって人間を再検討する点にあり、人物描写を通じてでないから、これでいいのである。――〟」

「ははあ、なるほど。なるべく無個性であるようにという意味でつけた名前なのか」

「そういうことだ。またサンケイ新聞のコラムには、こんな記事が載ったこともあるよ。〝エヌ氏は、この作家の倦怠《けんたい》であり、ペシミズムであり、こっけいな愚かしさであり、それを見つめる冷たい目である。エヌ氏は、ノーマンで、ノーマッド（遊牧者）で、ノーボディ（だれでもない）で、しかも私たちの親しいだれかなのである〟」

「ちょっと、待てよ。ということはだね。俺たちが、いくらエヌ氏を分析してみても、エヌ氏像なんて作れないということじゃないか」

「その通り。でも、それでもむりやり分析をしてしまうところが、俺たちのすごいところだ」

「ほとんど、やけくそだね」

「そう。やけくそのハチャハチャ」

「いやな解説だなあ」

「文句をいうな。そうなったのは、おまえのせいじゃないか」

「ああ、そうか。それで、その分析不可能なエヌ氏をむりに分析するとどういうことになるんだい？」

「うん。俺はエヌ氏の登場する作品を百篇ほど読んだんだが、そのエヌ氏の職業を調べてみたら、多い順に会社員、大企業経営者、スパイ、私立探偵、その他という結果が出た。ここからは、これといった特徴は見受けられないけど、強いていえば、大企業経営者が多いというところかな。これはひょっとすると、星さんのお父さんが東洋一の製薬会社の社長であったことなどが影響しているのかもしれないね」

「家族構成なんかは、どうなっているの？」

「そう。これはわりに特徴があるんだよ。というのは、ごく少数の作品をのぞいて、ほとんど独身という設定になっているんだ。また、いくつかの作品では、まるっきり、奥さんに頭のあがらないエヌ氏が描かれているから、女性恐怖症の独身主義者なのかもしれないぞ」

「星さんには、奥さんはいるし、俺たちの知るかぎり女性恐怖症とも思えないから、このあたりは、エヌ氏との共通点はないね」

「そうだな」

「エヌ氏って、年齢はどのくらいなんだい？」

「これは、多くの作品では不明となっているけど、時々中年と書かれていて、比較的豊かな生活をしている。老人のエヌ氏は、みんな金持ちだよ。ただし、若いころは苦労したとあるから、努力家の出世タイプというとこかな」

「星さんも、若いころは会社経営などで苦労しているから、多少似ていないでもないな。で、性格はどうなんだ？」

「これが困った。なにしろ、全篇無関係のエヌ氏をひとりの人物として考えようとすると、どうしても、つじつまが合わなくなってしまう。〝エヌ氏はみるからに平凡な人間だった。背は高くも低くもない。顔つきにもどこといって特徴がない。また、動作から歩き方まで、特色らしき点を発見するのに骨が折れる。目立たないこと、おびただしい。いや、外観ばかりでなく、性格までもそうだった。自分独自の意見とか個性というものを、まるで持ちあわせていない〟という、まるで没個性のエヌ氏があるかと思えば、〝新しいものならなんでも好きというのが、エヌ氏の特質だった。財産があるので、その趣味をほぼ満足させることもできた。そして、これらのことを、まだ体験していない他人に話し、自慢し、いい気分になるというのが彼の生きがいだった〟というエヌ氏もいる。そうかと思うと、〝エヌ氏は事業を経営し、金と才能にめぐまれているという、はなはだけっこうな人物だった。しかし、なにもかもそろった人間なんて、そういるものではない。彼には忘れっぽいという欠点と、他人をあまり信用しないという性格がともなっていた〟なんていう描写も出てくる。これは、どうこじつけをしても、ひとりの人間の性格にはならない」

「そりゃそうだ。いくら人間は矛盾した心を持っているといっても、これがひとりの人物だとしたら正気ではないね」

「ということは、やはり、エヌ氏は星さん自身とは結びつかないということか」

「そういうことだね。ここが、星さんの偉大なところだ。だって、俺たちの作品だと、その登場人物を分析されたら、たちどころに作者である俺たちの姿が浮きあがってしまうだろう。ＳＦは、自分を描いたり、作者の願望を描いたりすることは、比較的少ない文学だけど、それでも、何百篇も書いていれば、中にはそんな作品もいくつか出てくるよ。しかし、星さんの作品にはそういうものはゼロといっていい。エヌ氏には、星さんの影はほとんどないんだ。実生活は実生活、作品は作品とはっきり区別されている。それがいいとか悪いとかいうことではないけれど、ほんとうにプロだなあという気がするね」

「そうか。……うーむ。さすがの俺たちでも、エヌ氏と星さんをイコールにすることはむりだったか」

「むりだね。まいったよ。俺とおまえが力を合わせれば、なんとか、こじつけができるかと思ったんだが、これはどうにもならない。これ以上やってもむだだから、もう、やめよう」

「やめる⁉ でも、それは、いくらなんでも、中途半端《はんぱ》じゃないか。ここまでやったら、なんらかの結論を出さなくては、解説者として恰好《かっこう》がつかないよ」

「うん。いや、どうしても、なんらかの結論を出せっていうんなら、俺たちもハチャハチャSF作家とはいえもの書きのはしくれだ。なんとか、適当にお茶を濁すことはできる。けれど、そんなことをしても、読者にとって、なんのプラスにもならない。それより、正直にここまで、分析してみましたが、結局うまくいきませんでした。興味がありましたら、読者諸氏もぼくたちとは、ちがったやりかたで、エヌ氏を分析してみてはいかがでしょう？——とこういう結論にしたほうが建設的だと思うんだ。ちがうかい？」

「うまくごまかしたな」

「ごまかした。俺はSF作家としての才能はあんまりないけど、ごまかすのだけはうまいんだ。どうだ、まいったか！」

「そんなこと、いばることじゃないじゃないか。それはそれとして、この『エヌ氏の遊園地』って星さんが三十九歳の時の作品集なんだよね。ちょうど、いまの俺たちの年齢と同じだ」

「それがどうかしたかい？」

「ああ、俺自分が情けなくなっちゃったよ」

「どうして？」

「だって、星さんはこの年齢の時に、こんなすばらしい作品書いているというのに、俺たちときたら、書いているのは、このめちゃくちゃな解説だよ。これが、めげずにいられるかい？」

「なるほど。いわれてみれば、情けないね。同じSF作家でありながら、差がありすぎるものな。片や名ショートショート、片やハチャハチャ解説。うん。これはたしかに、めげるよ」

「な、めげるだろ」

「うん。めげる」

「しかし、解説書きながら、めげちゃった解説者というのも、珍しいね」

「珍しい」

「というところで、予定の枚数だ」

「また失敗だったな」

「うん……」


（昭和六十年六月、作家）

この作品は昭和四十一年二月三一書房より刊行され、その後講談社文庫に収められた。

星新一著　ひとにぎりの未来

脳波を調べ、食べたい料理を作る自動調理機、眠っている間に会社に着く人間用コンテナなど、未来社会をのぞくショート・ショート集。

星新一著　だれかさんの悪夢

ああもしたい、こうもしたい。はてしなく広がる人間の夢だが……。欲望多き人間たちをユーモラスに描く傑作ショート・ショート集。

星新一著　未来いそっぷ

時代が変われば、話も変る！　語りつがれてきた寓話も、星新一の手にかかるとこんなお話に……。楽しい笑いで別世界へ案内する33編。

星新一著　さまざまな迷路

迷路のように入り組んだ人間生活のさまざまな世界を32のチャンネルに写し出し、文明社会を痛撃する傑作ショート・ショート。

星新一著　かぼちゃの馬車

めまぐるしく移り変る現代社会の裏の裏のからくりを、寓話の世界に仮託して、鋭い風刺と溢れるユーモアで描くショートショート。

星新一著　盗賊会社

表題作をはじめ、現代管理社会を鋭く、斬新かつ奇抜なアイデアで風刺する36編のショートショートを収録する。

星新一著　**安全のカード**

青年が買ったのは、なんと絶対的な安全を保障するという不思議なカードだった……。悪夢とロマンの交錯する16のショートショート。

星新一著　**ご依頼の件**

だれか殺したい人はいませんか？　ご依頼はこの本が引き受けます。心にひそむ願望をユーモアと諷刺で描くショートショート40編。

星新一著　**ありふれた手法**

かくされた能力を引き出すための計画。それはよくある、ありふれたものだったが……。ユニークな発想が縦横無尽にかけめぐる30編。

星新一著　**凶夢など30**

昼間出会った新婚夫婦が殺しあう夢を見た老人。そして一年後、老人はまた同じ夢を……。夢想と幻想の交錯する、夢のプリズム30編。

星新一著　**どんぐり民話館**

民話、神話、ＳＦ、ミステリー等の語り口で、さまざまな人生の喜怒哀楽をみせてくれる31編。ショートショート一〇〇一編記念の作品集。

星新一著　**これからの出来事**

想像のなかでしかスリルを味わえない絶対に安全な生活はいかがですか？　痛烈な風刺で未来社会を描いたショートショート21編。

星新一著

つねならぬ話

天地の創造、人類の創世など語りつがれてきた物語が奇抜な着想で生まれ変わる！　幻想的で奇妙な味わいの52編のワンダーランド。

星新一著

明治の人物誌

野口英世、伊藤博文、エジソン、後藤新平等、父・星一と親交のあった明治の人物たちの航跡を辿り、父の生涯を描きだす異色の伝記。

星新一著

天国からの道

単行本未収録作品を集めた没後の作品集を再編集。デビュー前の処女作「狐のためいき」、1001編到達後の「担当員」など21編を収録。

星新一著

ふしぎな夢

『ブランコのむこうで』の次にはこれを読みましょう！　同じような味わいのショートショート「ふしぎな夢」など初期の11編を収録。

最相葉月著

絶対音感

小学館ノンフィクション大賞受賞

それは天才音楽家に必須の能力なのか？　音楽を志す誰もが欲しがるその能力の謎を探り、音楽の本質に迫るノンフィクション。

最相葉月著

星新一（上・下）

―一〇〇一話をつくった人―

大佛次郎賞・講談社ノンフィクション賞受賞

大企業の御曹司として生まれた少年は、いかにして今なお愛される作家となったのか。知られざる実像を浮かび上がらせる評伝。

筒井康隆著
エロチック街道

裸の美女の案内で、奇妙な洞窟の温泉を滑り落ちる……エロチックな夢を映し出す表題作ほか、「ジャズ大名」など変幻自在の全18編。

筒井康隆著
笑うな

タイム・マシンを発明して、直前に起った出来事を眺める「笑うな」など、ユニークな発想とブラックユーモアのショート・ショート集。

筒井康隆著
夢の木坂分岐点
谷崎潤一郎賞受賞

サラリーマンか作家か？　夢と虚構と現実を自在に流転し、一人の人間に与えられた、ありうべき幾つもの生を重層的に描いた話題作。

筒井康隆著
旅のラゴス

集団転移、壁抜けなど不思議な体験を繰り返し、二度も奴隷の身に落とされながら、生涯をかけて旅を続ける男・ラゴスの目的は何か？

筒井康隆著
パプリカ

ヒロインは他人の夢に侵入できる夢探偵パプリカ。究極の精神医療マシンの争奪戦は夢と現実の境界を壊し、世界は未体験ゾーンに！

筒井康隆著
家族八景

テレパシーをもって、目の前の人の心を全て読みとってしまう七瀬が、お手伝いさんとして入り込む家庭の茶の間の虚偽を抉り出す。

北杜夫著
夜と霧の隅で
芥川賞受賞
ナチスの指令に抵抗して、患者を救うために苦悩する精神科医たちを描き、極限状況下の人間の不安を捉えた表題作など初期作品5編。

北杜夫著
幽霊
—或る幼年と青春の物語—
大自然との交感の中に、激しくよみがえる幼時の記憶、母への慕情、少女への思慕——青年期のみずみずしい心情を綴った処女長編。

北杜夫著
どくとるマンボウ航海記
のどかな笑いをふりまきながら、青い空の下を小さな船に乗って海外旅行に出かけたどくとるマンボウ。独自の観察眼でつづる旅行記。

北杜夫著
どくとるマンボウ昆虫記
虫に関する思い出や伝説や空想を自然の観察を織りまぜて語り、美醜さまざまの虫と人間が同居する地球の豊かさを味わえるエッセイ。

北杜夫著
どくとるマンボウ青春記
爆笑を呼ぶユーモア、心にしみる抒情。マンボウ氏のバンカラとカンゲキの旧制高校生活が甦る、永遠の輝きを放つ若き日の記録。

北杜夫著
楡家の人びと
（第一部〜第三部）
毎日出版文化賞受賞
楡脳病院の七つの塔の下に群がる三代の大家族と、彼らを取り巻く近代日本五十年の歴史の流れ……日本人の夢と郷愁を刻んだ大作。

遠藤周作著

白い人・黄色い人

芥川賞受賞

ナチ拷問に焦点をあて、存在の根源に神を求める意志の必然性を探る「白い人」、神をもたない日本人の精神的悲惨を追う「黄色い人」。

遠藤周作著

海と毒薬

毎日出版文化賞・新潮社文学賞受賞

何が彼らをこのような残虐行為に駆りたてたのか？　終戦時の大学病院の生体解剖事件を小説化し、日本人の罪悪感を追求した問題作。

遠藤周作著

留学

時代を異にして留学した三人の学生が、ヨーロッパ文明の壁に挑みながらも精神的風土の絶対的相違によって挫折してゆく姿を描く。

遠藤周作著

母なるもの

やさしく許す〝母なるもの〟を宗教の中に求める日本人の精神の志向と、作者自身の母性への憧憬とを重ねあわせてつづった作品集。

遠藤周作著

彼の生きかた

吃るため人とうまく接することが出来ず、人間よりも動物を愛し、日本猿の餌づけに一身を捧げる男の純朴でひたむきな生き方を描く。

遠藤周作著

女の一生

一部・キクの場合

幕末から明治の長崎を舞台に、切支丹大弾圧にも屈しない信者たちと、流刑の若者に想いを寄せるキクの短くも清らかな一生を描く。

新潮文庫最新刊

原 武史著
「線」の思考
―鉄道と宗教と天皇と―
天皇とキリスト教？ ときわか、じょうばんか？ 山陽の「裏」とは？ 鉄路だからこそ見えた！ 歴史に隠された地下水脈を探る旅。

柳瀬博一著
国道16号線
―「日本」を創った道―
横須賀から木更津まで東京をぐるりと囲む国道。このエリアが、政治、経済、文化に果たした重要な役割とは。刺激的な日本文明論。

奥野克巳著
ありがとうもごめんなさいもいらない森の民と暮らして人類学者が考えたこと
ボルネオ島の狩猟採集民・プナンには、感謝や反省の概念がなく、所有の感覚も独特。現代社会の常識を超越する驚きに満ちた一冊。

D・R・ポロック
熊谷千寿訳
悪魔はいつもそこに
狂信的だった亡父の記憶に苦しむ青年の運命は、邪《よこしま》な者たちに歪められ、暴力の連鎖へ巻き込まれていく……文学ノワールの完成形！

杉井 光著
世界でいちばん透きとおった物語
大御所ミステリ作家の宮内彰吾が死去した。『世界でいちばん透きとおった物語』という彼の遺稿に込められた衝撃の真実とは――。

加藤千恵著
マッチング！
30歳の彼氏ナシOL、琴実。妹にすすめられアプリをはじめてみたけれど――。あるあるが満載！ 共感必至のマッチングアプリ小説。

エヌ氏《し》の遊《ゆう》園《えん》地《ち》

新潮文庫　ほ - 4 - 31

昭和六十年七月二十五日　発行
平成二十五年二月二十五日　二十六刷改版
令和五年五月三十日　三十三刷

著者　星《ほし》新《しん》一《いち》

発行者　佐藤隆信

発行所　株式会社　新潮社

郵便番号　一六二—八七一一
東京都新宿区矢来町七一
電話　編集部(〇三)三二六六—五四四〇
　　　読者係(〇三)三二六六—五一一一
https://www.shinchosha.co.jp

価格はカバーに表示してあります。

乱丁・落丁本は、ご面倒ですが小社読者係宛ご送付ください。送料小社負担にてお取替えいたします。

印刷・株式会社光邦　製本・株式会社大進堂

ISBN978-4-10-109831-9 C0193